오이디푸스

Οἰδιπους

원전 그리스 비극 ②

오이디푸스

Οἰδιπους

정해갑 역저

이 작품은 우리에게 익히 알려진 오이디푸스 신화를 극화한
소포클레스의 오이디푸스 삼부작 가운데 제1부이다. 오이디푸스
를 제목으로 하거나 테마로 한 작품은 이 외에도 여러 작가들에
의해 다양한 내용으로 창작되었다. 대부분의 그리스 비극이 그런
것처럼, 이 작품 역시 호메로스(Homer)와 헤시오도스(Hesiod) 등에
서 시작하는 신화에 토대를 두고 있고, 극작가·시인 등 여러 작가
들의 다양한 장르를 거치며 신화가 변형·발전을 거듭했다. 그
가운데 그리스 비극 3대 작가인 아이스퀼로스(Aeschylus), 소포클
레스(Sophocles) 그리고 에우리피데스(Euripides)에 의해 재현된 신
화가 가장 뚜렷한 발자취를 남기는데, 오이디푸스 신화에 관한
한 소포클레스가 단연 으뜸이다. 근·현대 벌핀치(Thomas Bulfinch)
식의 단행본 신화서는 그리스 로마 시대에는 없었다는 점이 주목
할 만하며, 신화는 그 자체가 생동하는 유기체로서 변형, 생성을
거듭하는 문화이며 인류의 영적 발자취이다. 따라서 고전과 헬레

니즘 시대에 걸쳐, 다양한 버전의 각기 다른 스토리가 시기에 따라 작품에 따라 달리 나타난다. 교양수업에서 종종 일어나는 오류처럼, 근대 이후의 단행본 식으로 신화를 고착시켜 사유하는 것은 학문적 관점에서 지양해야 한다. 어느 작품을 근거로 삼느냐에 따라 신화의 내용이 다르다는 점을 항상 기억해주면 학문적 오류를 줄일 수 있겠다.

이 작품의 원 제목인 Οἰδίπους Τύραννος(OidipousTyrannos)는 한글로 번역하면 다소 오해를 유발하기 쉽다. '튀란노스'는 'tyrant'의 어원이 되는 것으로, 자연스런 승계에 의한 왕, 즉 바실레우스(βασιλευς)와 대비되는, 다소 부정적 방법으로 왕위를 차지하거나 통치하는 자를 의미한다. 따라서 기존의 '오이디푸스 왕'이라는 제목보다는, 아이스퀼로스나 에우리피데스의 작품명 Οἰδίπους에 준용해 다소 중립적인 표지 제목으로 '오이디푸스'라고 했다.

이 작품은 현대 문화비평과 문학의 원형이 되는 주요 작품인데도, 그 번역학적 가치가 크게 부각되지 않은 점은 번역의 열등함에서 출발한다고 볼 수 있다. 언어학적, 문화적, 문학적, 그리고 번역학적 세밀함이 결여되었기에 번역 작품이 그 역할을 제대로 할 수 없었다. 대부분의 기존 번역이 일어, 영어, 독어판 등에 의존한 중역들이기 때문에 원전의 맛을 제대로 살리지 못한 까닭이기도 하다. 이에 고전학과 영문학, 번역학을 연구한 필지의 역할이 무엇보다 중요한 시점이 되었다. 모든 학문 발전의 출발은 정확하고 번역학적 고려가 잘 된 번역 작품이 토대가 되어야 한다. 이 책의 특징은 무엇보다 이러한 번역 가치를 중심에 둔 **원전** 그리스 비극 번역이라는 점이다.

고전 그리스어 원전은 Loeb Library 판을 중심으로 했고, 다소 문제가 되는 구절은 옥스포드판 *Sophoclis Fabulae*를, 영역본은 David Grene 판을 참조했다. 원전이 운문이기 때문에 가급적 운율법(meter by meter) 원칙을 따랐고, 시적 뉘앙스를 살리려 했다.

번역 유형은 의미와 문화번역의 대원칙인 '의미번역(sensum de sensu)'을 따라 원전의 의미를 손상하지 않는 범위 내에서 현대 독자들의 문화에 부합하는 번역을 원칙으로 했다. 하지만 모든 고유명사는 원어를 따라 표기했다. 가령, '아테네' '테베'는 '아테나이' '테바이'로 했는데, 이는 용어의 통일 원칙에 준거하고 있다. 아테네(아테나)는 여신 이름이며, 아테나이는 도시 이름이기 때문이다.

그리스 비극은 시구(verse)로 이루어진 극작품이기에 읽을 때 연극을 감상하듯이 산비탈의 노천 원형극장을 머릿속에 그리며 공연장면과 대사를 상상하고, 입으로 소리 내어 호흡과 강약, 연결과 끊기를 적절히 조절하는 수고가 재미를 더하는 역동적 감상법이 추천된다. 이때 주목하며 볼 것이 코로스(χορός)이다. 코로스는 극중 인물이며 동시에 무대 밖의 정황을 묘사하거나 막간에서 시를 노래하는 합창단이다. 고대 그리스에서 극예술 발전 단계의 초기에는 등장인물이 극소수였기에 코로스가 비극작품의 핵심을 차지하였으나, 3대 비극작가의 시대로 들어오면서 이들의 역할이 점차 각각의 등장인물에게로 이전되었다. 따라서 등장인물의 수가 7-8명 정도로 확대되며 코로스의 역할은 점차 축소된다. 코로스는 대개 무대 좌우에 두 갈래로 나뉘어서 대사나 노래를 주고받는 형식으로, 혹은 합창 형식으로 그 역할을 수행했다. 작품 전체가 시구이지만, 특히 코로스의 대사를 좀 더 시적인 노래로 받아들일 때 감상의 풍미가 더해질 것이다.

그리스 비극은 플롯(plot)이 비교적 단순하므로, 현대 독자들에게 흥미 위주의 독서로 권유하기는 어렵다. 다양한 학문 원천으로 읽는 인문학적 가치에 초점이 맞추어져야 한다. 철학을 문학으로 옷 입혀놓은 것이 그리스 비극의 주요 특징이기에 더욱 세밀한 독법이 요구된다. 따라서 인문학적 토대를 갖춘 독서 지도사나 교수의 독서 포인트를 좇아가는 독법이 추천된다. 작품을 통해 얻고자 하는 뚜렷한 테마를 설정한 후 긴 호흡으로 대사 하나하나를 즐겨야 한다. 스토리나 플롯 위주의 독법에 익숙한 현대 독자들에게 대사 중심의 독법을 강요하기는 어렵다. 디지털 시대에 아날로그적 가치를 제대로 설명하는 오리엔테이션이 필요하다. 〈이퀄리브리엄(equilibrium)〉이라는 영화를 먼저 감상한 후 독서 포인트를 제시하는 것도 하나의 방법이다.

아울러 이 작품을 감상하는 포인트를 몇 가지 제시해보고자 하는데, 앞서 스토리를 정리해보자.

오이디푸스는 테바이의 왕자로 이 세상에 태어난다. 하지만 아버지 라이오스 왕과 어머니 이오카스테는 태어난 지 삼 일도 안 된 아이를 죽도록 내버린다. 그 아이가 부친을 죽이고 모친과 결혼할 것이라는 신탁을 받았기 때문이다. 그 신탁을 피하기 위해 두 발에 구멍을 뚫어 묶은 뒤 키타이론 산 어딘가에 내버리게 했다. 이러한 기구한 운명에도 불구하고 오이디푸스는 살아남았고, 그 신탁은 성취되었으니, 그 모친 이오카스테의 말이 극적 아이러니의 메아리가 되어 울려온다: "신께서 정해 놓으신 일은, 반드시 드러내어 보여주시는 법이죠"(725). 그렇게 버려진 오이디푸스는 양치기의 손에서 또 다른 이방 양치기에게로 넘겨졌고, 자식이 없던 코린토스의 왕이 그를 선물로 받았다. 오이디푸스는 자신이 양자인지도 모른 채 성인이 된 어느 날, 자신의 출생과 관련된 이상한 소문을 듣게 된다. 이에 부모님 몰래 델포이 신탁에 가게 되는데, 그가 받은 예언은 너무나 끔찍한 것이었다. 그리하여 자신이 고향이라 믿는 코린토스를 등지고 멀리 도망치듯

달아난다. 어느 날 깊은 숲속 삼거리 근처에 이르렀을 때 마차행렬을 만나고, 다툼이 일어나고, 살인이 벌어진다. 자신도 모른 채 오이디푸스는 아버지 라이오스 왕을 살해한 것이다. 그 후 계속 길을 재촉하여 이방 땅이라 믿는 고향 테바이에 도착하고, 그 곳에서 자신의 뛰어난 지혜로 스핑크스의 수수께끼를 풀고 왕이 되어 이오카스테를 아내로 맞는다. 그렇게 지내는 어느 날, 온 나라에 역병이 창궐하고 민심이 흉흉하니 그 원인을 찾게 된다. 라이오스 왕을 죽인 더러운 피가 이 땅을 덮고 있으니, 온 나라에 재앙이 그칠 날이 없다는 신탁을 받고 오이디푸스는 온 백성 앞에 선포한다. 그 범인을 반드시 잡아서, 그가 누구든 지위 고하를 막론하고 죗값을 묻겠노라고 공언한다. 자신의 특출한 지혜를 믿는 오이디푸스는 확신에 넘쳐, 수사와 탐문에 착수한다. 먼저 예언자 테이레시아스를 불러와 그 범인이 누군지 알고자 탐문하지만, 쉽게 입을 열지 않는다. 화가 난 오이디푸스는 그를 범죄자로 몰아가고, 이에 더 이상 참지 못한 테이레시아스는 이 땅의 오염은 오이디푸스 자신 때문이라고 공표한다. 하지만 자신의 판단과 지혜만 앞세우는 오이디푸스는 예언자의 선언조차도 멸시하고 처남 크레온마저 공범으로 몰아간다. 이오카스테가 중재하려 하지만 별 진전은 없고, 오이디푸스의 탐문은 점점 위기를 향해 치닫는다. 이때 코린도스에서 온 사자가 폴뤼보스 왕이 돌아가셨고 오이디푸스가 왕위를 잇게 된다는 소식을 전하러 온다. 사자와 대화를 나누던 오이디푸스는 자신의 부모라 믿고 있던 코린토스의 왕과 왕비가 친부모가 아님을 알게 되고, 자신은 키타이론 산에 버려졌던 바로 그 아이이며, "발이 부은" 자를 의미하는 이름의 비밀도 밝혀진다. 이제 남은 탐문 과정은 그 아이가 누구의 아이냐는 문제만 남겨놓고 점차 불안이 가중되자, 닥쳐올 불행을 알고 탐문을 멈추어달라며 애원하던 이오카스테는 더 이상 만류하지 못하고 퇴장한다. 이것이 이 세상에서 그녀의 마지막 모습이 되었다. 끝내 포기하지 않고 마지막 증인인 양치기를 불러 탐문하지만 그가 그토록 집요하게 찾던 그 범인이 오이디푸스 자신임이 드러난다. 남은 것은 울음과 탄식뿐인 상황에서 광기어린 오이디푸스는 이오카스테를 찾아 집 안으로 뛰어 들어가고, 목매어 자결한 그녀의 가슴에서 브로치를 빼서 자신의 눈을 저주하며 찌른다. 코로스가 남기는 마지막 노래가 메아리쳐온다: "고통이 끝나는 마지막 순간을 지날 때까지, 섣불리 어떤 인간을 복되다 하지 마오"(1530).

1. 운명이란 무엇인가? 선친 라이오스 왕이 젊은 시절 저지른 (소년 겁탈 동성애) 범죄가 오이디푸스에게 신적 정의(δρασαντι παθειν)로 발현되는 것은 아닌가? 2. 선친과 마찬가지로 오이디푸스의

운명은 자유의지와 선택의 산물이 아닌가? 그렇다면, 어떤 비극적 오류(ἁμαρτια, hamartia)에 의해 파멸하는가? "왕을 파멸시킨 것이 바로 그 재주"(442)라는 말을 되새길 때, 오만(ὕβρις, hybris)과 자아 중심적 지식의 한계는 무엇인가? 3. 이 작품이 표방하는 자유 민주주의의 이상은 무엇인가? 개인의 하마르티아가 국가적 위기를 초래하는 전체주의 문화 혹은 전제정치의 문제점에 맞서는 테이레스아스와 크레온의 통찰은 어떠한가? 4. 현대 문화비평적 관점에서 볼 때, 프로이트가 소환한 오이디푸스는 누구인가? 그 소환의 이유는 보편 타당한가? 더 나아가, Oedipus Complex를 넘어 들뢰즈의 Anti-Oedipus가 지향하는 지평은 무엇인가? 정신병리학적 징후가 가족과 사회제도의 해체 전략으로 전용되는 과정에서 관찰된 포스트모더니즘의 지향점은 어디인가? 끝으로, 오이디푸스의 본질적 고통과 깨달음은 무엇일까? 역사는 지식이 아니라 실천의 대상이다. 델포이 신전에 새겨져 있었다는, 소크라테스가 일평생 실천하며 살았던 "너 자신을 알라(γνωθι σεαυτον)"는 명구는 비극정신과 어떤 교차점에서 만날까? 고전이 먼 나라의 먼 옛날이야기가 아니라, 현재를 살아가는 우리, 아니 나의 삶을 투영하는 동인으로 작동하길 소망한다. 또한 고통을 통해 지혜를 배운다는 역설의 비극정신이 값비싼 유희의 대상으로 전락하는 일이 없길 소망한다. Be Glory to My Lord!

오이디푸스: 테바이의 왕

이오카스테: 왕비

크레온: 오이디푸스의 처남

테이레시아스: 눈 먼 예언자

사제

사자1

사자2

양치기

코로스: 테바이 원로들

차 례

역자 서문 ____ 4

등장인물 ____ 12

오이디푸스 튀란노스 ____ 14

Οἰδίπους Τύραννος ____ 15

[해설] 그리스 비극을 통해 본 신성모독과 불경함에 관한 연구 ____ 293

오이디푸스 튀란노스

테바이의 오이디푸스 왕궁 앞.
(무대의 오른쪽 제단 근처에 사제가
백성의 무리들과 함께 서 있다.
오이디푸스가 중앙 문으로 나타난다.)

오이디푸스:

내 백성, 카드모스의 어린 아들과 딸들이여,

그대들은 왜 탄원의 화환을 들고

여기 앉아 있는가? 울부짖음과 기도와

제단의 향이 온 나라를 에워싸고 있구나.　　　　　5

Οἰδίπους Τύραννος

Οἰδίπους

ὦ τέκνα, Κάδμου τοῦ πάλαι νέα τροφή,

τίνας ποθ' ἕδρας τάσδε μοι θοάζετε

ἱκτηρίοις κλάδοισιν ἐξεστεμμένοι;

πόλις δ' ὁμοῦ μὲν θυμιαμάτων γέμει,

ὁμοῦ δὲ παιάνων τε καὶ στεναγμάτων: 5

세상이 위대하다 부르는 오이디푸스,
내가, 사자를 통해 전해 듣는 것이
옳지 않은 것 같아, 직접 왔노라!

(사제를 향하여)

그대는 경륜이 깊고 존경받는 장로이니,
자, 그들을 위해 말하시오.   10
무엇이 두렵고, 무엇을 원해서,
여기 탄원의 자리에 있는가?
진실로 필요한 모든 도움을 기꺼이 주겠소.
이 같은 탄원에 연민을 느끼지 않으면
나는 정녕 무정한 자일 것이오.

사제:
이 나라의 통치자 오이디푸스 왕이시여,
제단을 둘러싸고 있는 우리들을 보옵소서!   15

ἁγὼ δικαιῶν μὴ παρ' ἀγγέλων, τέκνα,

ἄλλων ἀκούειν αὐτὸς ὧδ' ἐλήλυθα,

ὁ πᾶσι κλεινὸς Οἰδίπους καλούμενος.

ἀλλ' ὦ γεραιέ, φράζ', ἐπεὶ πρέπων ἔφυς

πρὸ τῶνδε φωνεῖν, τίνι τρόπῳ καθέστατε,   10

δείσαντες ἢ στέρξαντες; ὡς θέλοντος ἂν

ἐμοῦ προσαρκεῖν πᾶν: δυσάλγητος γὰρ ἂν εἴην

τοιάνδε μὴ οὐ κατοικτίρων ἕδραν.

Ἱερεύς

ἀλλ' ὦ κρατύνων Οἰδίπους χώρας ἐμῆς,

ὁρᾷς μὲν ἡμᾶς ἡλίκοι προσήμεθα   15

보시다시피 우리 중에는 아직 날지도 못하는

병아리 같은 자들도 있고

나이 들어 몸이 무거운 자들도 있습니다.

저와 같은 제우스 신의 사제들,

그리고 특별히 선발되어 온 젊은이들도 있습니다.

다른 이들은 탄원의 화환을 들고   20

장터에, 아테나의 제단에,

불로 신탁을 내리는 이스메노스 신전에 앉아 있습니다.

왕께서는 이 나라가 벌써부터

난파선처럼 흔들리는 것을 잘 알고 계십니다.

좀처럼 죽음의 깊은 파도에서 헤어나지 못하고 있습니다.

땅의 과일 나무 꽃에,   25

들판의 소떼 위에,

산고를 겪는 여인들에게,

죽음의 재앙이 만연합니다.

치명적인 역병의 불을 전하는

어떤 신이 이 나라를 덮쳐

우리를 모조리 공격하니,

이 나라 백성들은 남아나질 않고,

죽음으로 인해 신음과 눈물만 더해 갑니다.   30

βωμοῖσι τοῖς σοῖς· οἱ μὲν οὐδέπω μακρὰν

πτέσθαι σθένοντες, οἱ δὲ σὺν γήρᾳ βαρεῖς,

ἱερῆς, ἐγὼ μὲν Ζηνός, οἵδε τ' ἠθέων

λεκτοί· τὸ δ' ἄλλο φῦλον ἐξεστεμμένον

ἀγοραῖσι θακεῖ πρός τε Παλλάδος διπλοῖς   20

ναοῖς, ἐπ' Ἰσμηνοῦ τε μαντείᾳ σποδῷ.

πόλις γάρ, ὥσπερ καὐτὸς εἰσορᾷς,

ἄγαν ἤδη σαλεύει κἀνακουφίσαι κάρα

βυθῶν ἔτ' οὐχ οἵα τε φοινίου σάλου,

φθίνουσα μὲν κάλυξιν ἐγκάρποις χθονός,   25

φθίνουσα δ' ἀγέλαις βουνόμοις τόκοισί τε

ἀγόνοις γυναικῶν· ἐν δ' ὁ πυρφόρος θεὸς

σκήψας ἐλαύνει, λοιμὸς ἔχθιστος, πόλιν,

ὑφ' οὗ κενοῦται δῶμα Καδμεῖον, μέλας δ'

Ἅιδης στεναγμοῖς καὶ γόοις πλουτίζεται.   30

우리가 왕을 신으로 여겨서

이 제단에 탄원하러 온 것이 아니라

이 땅에서의 모든 일과

영적 세계를 통찰하는 일에 있어,

인간들 중에 가장 으뜸인 분이라 믿기 때문입니다.

왕께서 나타나셔서 그 옛날

잔인한 스핑크스에게 조공을 바치던 것을

면하게 하시어 이 나라를 구하셨습니다.   35

왕께서 그 일을 행하신 것은,

우리가 도와드리거나,

암시를 드려서가 아닙니다.

왕을 도우신 분은 신이시고,

왕께서 그 도우심으로 우리를 살려냈다고

세상 사람들은 말합니다.

하오니, 세상에서 가장 위대한 오이디푸스 왕이시여,   40

이렇게 간청하오니,

신으로부터 지혜의 말씀을 들으시든,

사람에게서 조언을 들으시든,

우리를 건져낼 수 있는 방법을 찾아주소서!

θεοῖσι μέν νυν οὐκ ἰσούμενόν σ᾽ ἐγὼ

οὐδ᾽ οἵδε παῖδες ἑζόμεσθ᾽ ἐφέστιοι,

ἀνδρῶν δὲ πρῶτον ἔν τε συμφοραῖς βίου

κρίνοντες ἔν τε δαιμόνων συναλλαγαῖς·

ὅς γ᾽ ἐξέλυσας ἄστυ Καδμεῖον μολὼν   35

σκληρᾶς ἀοιδοῦ δασμὸν ὃν παρείχομεν,

καὶ ταῦθ᾽ ὑφ᾽ ἡμῶν οὐδὲν ἐξειδὼς πλέον

οὐδ᾽ ἐκδιδαχθείς, ἀλλὰ προσθήκῃ θεοῦ

λέγει νομίζει θ᾽ ἡμῖν ὀρθῶσαι βίον·

νῦν τ᾽, ὦ κράτιστον πᾶσιν Οἰδίπου κάρα,   40

ἱκετεύομέν σε πάντες οἵδε πρόστροποι

ἀλκήν τιν᾽ εὑρεῖν ἡμίν, εἴτε του θεῶν

φήμην ἀκούσας εἴτ᾽ ἀπ᾽ ἀνδρὸς οἶσθά του·

ὡς τοῖσιν ἐμπείροισι καὶ τὰς ξυμφορὰς

왜냐면 경륜 있는 자들의 조언이 대개는

효험이 큰 법이니까요.   45

폐하의 명예를 보존하소서.

왕께서 이전에 이 땅을 건진 것처럼

이제도 이 땅을 구원하신다 믿고 있습니다.

그러니, 처음엔 회복되었으나 나중에는 멸망했다고

회자되지 않게 해주소서.   50

다시는 몰락하지 않게 이 나라를 일으키소서.

이전에 길조로 우리에게 행운을 주신 것처럼,

오늘도 그리하옵소서.

지금 다스리는 것처럼 미래에도 그리하시려면

백성이 없는 것보다 가득한 것이 훨씬 나을 것입니다.   55

성채나 배가 텅 비어 아무도 살지 않는다면

아무 쓸모가 없는 것이지요.

오이디푸스:

나의 가여운 백성들이여,

그대들이 어떤 탄원을 하러 왔는지 잘 알겠소.

그대들 모두가 괴로워하는 것을 잘 알겠소.

그러나 그대들이 괴롭다 한들   60

ζώσας ὁρῶ μάλιστα τῶν βουλευμάτων.   45

ἴθ᾽, ὦ βροτῶν ἄριστ᾽, ἀνόρθωσον πόλιν,

ἴθ᾽, εὐλαβήθηθ᾽: ὡς σὲ νῦν μὲν ἥδε γῆ

σωτῆρα κλῄζει τῆς πάρος προθυμίας:

ἀρχῆς δὲ τῆς σῆς μηδαμῶς μεμνώμεθα

στάντες τ᾽ ἐς ὀρθὸν καὶ πεσόντες ὕστερον.   50

ἀλλ᾽ ἀσφαλείᾳ τήνδ᾽ ἀνόρθωσον πόλιν:

ὄρνιθι γὰρ καὶ τὴν τότ᾽ αἰσίῳ τύχην

παρέσχες ἡμῖν, καὶ τανῦν ἴσος γενοῦ.

ὡς εἴπερ ἄρξεις τῆσδε γῆς, ὥσπερ κρατεῖς,

ξὺν ἀνδράσιν κάλλιον ἢ κενῆς κρατεῖν: 55

ὡς οὐδέν ἐστιν οὔτε πύργος οὔτε ναῦς

ἔρημος ἀνδρῶν μὴ ξυνοικούντων ἔσω.

Οἰδίπους

ὦ παῖδες οἰκτροί, γνωτὰ κοὐκ ἄγνωτά μοι

προσήλθεθ᾽ ἱμείροντες: εὖ γὰρ οἶδ᾽ ὅτι

νοσεῖτε πάντες, καὶ νοσοῦντες, ὡς ἐγὼ   60

어느 누구도 나와 같지는 않을 것이오.
그대들의 아픔은 각자 자신에게만 미치나,
내 영혼 깊은 아픔은 이 나라와 나 자신과
그대들 모두와 관계된 것이지요.

그대들이 잠자고 있던 나를 깨운 것이 아니요.　　　　　65
이 일로 나는 너무나 많은 눈물을 흘렸으며,
헤아릴 수 없는 고민의 시간을 보냈다오.
그리하여 유일한 처방책이라 여겨지는 것을
찾아 실행에 옮겼소.
나의 처남이자 메노이케우스의 아들인
크레온을 델포이 신전의 아폴론에게 보냈소.　　　　　70
어떤 행동이나 말로 이 나라를 구할 수 있을지
그가 알아올 것이오.
지난 며칠 동안
그가 왜 이리 지체하는지 걱정하고 있었소.
이미 돌아올 때가 많이 지났는데.　　　　　75
어쨌든 그가 돌아와서 전해주는
신의 명령을 온전히 행하지 않으면
나는 분명 나쁜 사람일 것이오.

οὐκ ἔστιν ὑμῶν ὅστις ἐξ ἴσου νοσεῖ.

τὸ μὲν γὰρ ὑμῶν ἄλγος εἰς ἕν' ἔρχεται

μόνον καθ' αὑτὸν κοὐδέν' ἄλλον, ἡ δ' ἐμὴ

ψυχὴ πόλιν τε κἀμὲ καὶ σ' ὁμοῦ στένει.

ὥστ' οὐχ ὕπνῳ γ' εὕδοντά μ' ἐξεγείρετε,   65

ἀλλ' ἴστε πολλὰ μέν με δακρύσαντα δή,

πολλὰς δ' ὁδοὺς ἐλθόντα φροντίδος πλάνοις·

ἣν δ' εὖ σκοπῶν ηὕρισκον ἴασιν μόνην,

ταύτην ἔπραξα· παῖδα γὰρ Μενοικέως

Κρέοντ', ἐμαυτοῦ γαμβρόν, ἐς τὰ Πυθικὰ   70

ἔπεμψα Φοίβου δώμαθ', ὡς πύθοιθ' ὅ τι

δρῶν ἢ τί φωνῶν τήνδε ῥυσαίμην πόλιν.

καί μ' ἦμαρ ἤδη ξυμμετρούμενον χρόνῳ λυπεῖ τί πράσσει·

τοῦ γὰρ εἰκότος πέρα

ἄπεστι πλείω τοῦ καθήκοντος χρόνου.   75

ὅταν δ' ἵκηται, τηνικαῦτ' ἐγὼ κακὸς

μὴ δρῶν ἂν εἴην πάνθ' ὅσ' ἂν δηλοῖ θεός.

사제:

때맞춰 말씀 잘하셨네요.

마침 크레온 경이 돌아왔다는 소식을 전해주는군요.

오이디푸스:

오, 아폴론 신이시여,   80

그의 밝은 얼굴처럼,

그가 우리에게 전하는 소식도 밝아서

우리를 구원 받게 하소서.

사제:

분명 좋은 소식일 겁니다.

그렇지 않다면 저렇게 열매 달린 월계수 관을

쓰지는 않을 것입니다.

오이디푸스:

곧 알게 되겠지. 소리가 들릴 정도로 가까이 왔군.

나의 처남이요, 메노이케우스의 아들인 크레온 경,   85

그래, 신께 무슨 말씀을 받아왔소?

Ἱερεύς

ἀλλ' εἰς καλὸν σύ τ' εἶπας οἵδε τ' ἀρτίως

Κρέοντα προσστείχοντα σημαίνουσί μοι.

Οἰδίπους

ὦναξ Ἄπολλον, εἰ γὰρ ἐν τύχῃ γέ τῳ   80

σωτῆρι βαίη λαμπρὸς ὥσπερ ὄμματι

Ἱερεύς

ἀλλ' εἰκάσαι μέν, ἡδύς· οὐ γὰρ ἂν κάρα

πολυστεφὴς ὧδ' εἷρπε παγκάρπου δάφνης.

Οἰδίπους

τάχ' εἰσόμεσθα· ξύμμετρος γὰρ ὡς κλύειν.

ἄναξ, ἐμὸν κήδευμα, παῖ Μενοικέως,   85

τίν' ἡμὶν ἥκεις τοῦ θεοῦ φήμην φέρων;

(크레온 등장)

크레온:

좋은 소식입니다. 아무리 견디기 힘든 일이어도
결말이 잘 맺어지면
아주 복된 일이라 할 수 있죠.

오이디푸스:

무슨 신탁인가? 자네의 말만 듣고는
마음을 놓아야 할지, 두려워해야 할지
판단이 서지 않는군.   90

크레온:

이 사람들 앞에서 들으시겠다면
당장 말씀드리겠습니다.
아니면, 안으로 드시지요.

오이디푸스:

모두 들을 수 있게 말하시오.
내 모든 고뇌는 나보다 이들을 위한 것이라오.

Κρέων

ἐσθλήν· λέγω γὰρ καὶ τὰ δύσφορ', εἰ τύχοι
κατ' ὀρθὸν ἐξελθόντα, πάντ' ἂν εὐτυχεῖν.

Οἰδίπους

ἔστιν δὲ ποῖον τοὔπος; οὔτε γὰρ θρασὺς
οὔτ' οὖν προδείσας εἰμὶ τῷ γε νῦν λόγῳ.   90

Κρέων

εἰ τῶνδε χρῄζεις πλησιαζόντων κλύειν,
ἕτοιμος εἰπεῖν, εἴτε καὶ στείχειν ἔσω.

Οἰδίπους

ἐς πάντας αὔδα· τῶνδε γὰρ πλέον φέρω
τὸ πένθος ἢ καὶ τῆς ἐμῆς ψυχῆς πέρι.

크레온:

그러시다면, 신에게서 들은 바를   95
말씀드리겠습니다.
아폴론께서는 이 땅에서 더러운 죄를
조금도 남김없이 박멸하여
완전히 쫓아내라 말씀하셨습니다.

오이디푸스:

무슨 죄악을? 어떻게 정화하란 말인가?

크레온:

어떤 사람을 추방하거나 아니면
피로써 핏값을 치르게 하는 것입니다.   100
왜냐하면 그 살인의 피가 이 나라에
멸망의 폭풍을 몰고 왔기 때문입니다.

오이디푸스:

신께서 말씀하신 그런 운명의 소유자가
도대체 누구란 말이오?

Κρέων

λέγοιμ' ἂν οἷ' ἤκουσα τοῦ θεοῦ πάρα.   95

ἄνωγεν ἡμᾶς Φοῖβος ἐμφανῶς ἄναξ

μίασμα χώρας, ὡς τεθραμμένον χθονὶ

ἐν τῇδ', ἐλαύνειν μηδ' ἀνήκεστον τρέφειν.

Οἰδίπους

ποίῳ καθαρμῷ; τίς ὁ τρόπος τῆς ξυμφορᾶς;

Κρέων

ἀνδρηλατοῦντας ἢ φόνῳ φόνον πάλιν   100

λύοντας, ὡς τόδ' αἷμα χειμάζον πόλιν.

Οἰδίπους

ποίου γὰρ ἀνδρὸς τήνδε μηνύει τύχην;

- 31 -

크레온:

왕이시여, 왕께서 이 나라를 회복시키기 전에
라이오스 왕이 계셨습니다.

오이디푸스:

그분을 뵌 적은 없으나, 들어서 잘 알고 있소.   105

크레온:

살해되셨는데, 신께서는 그 살인자들을,
그들이 누구이든, 반드시 처벌해야 한다는 것입니다.

오이디푸스:

대체 그 자들이 어디 있단 말인가?
이 해 묵은 범죄의 희미한 실마리를
어디서 찾는단 말인가?

크레온:

이 나라에 있다고 신께서 말씀하셨습니다.   110
찾으면 잡을 것이요,
찾지 않으면 달아나 버릴 겁니다.

Κρέων

ἦν ἡμίν, ὦναξ, Λάϊός ποθ' ἡγεμὼν

γῆς τῆσδε, πρὶν σὲ τήνδ' ἀπευθύνειν πόλιν.

Οἰδίπους

ἔξοιδ' ἀκούων· οὐ γὰρ εἰσεῖδόν γέ πω.   105

Κρέων

τούτου θανόντος νῦν ἐπιστέλλει σαφῶς

τοὺς αὐτοέντας χειρὶ τιμωρεῖν τινας.

Οἰδίπους

οἳ δ' εἰσὶ ποῦ γῆς; ποῦ τόδ' εὑρεθήσεται

ἴχνος παλαιᾶς δυστέκμαρτον αἰτίας;

Κρέων

ἐν τῇδ' ἔφασκε γῇ· τὸ δὲ ζητούμενον   110

ἁλωτόν, ἐκφεύγειν δὲ τἀμελούμενον.

오이디푸스:

그분이 살해당한 곳이 궁전 내였소?

아니면 들판이나 다른 나라였소?

크레온:

신탁을 들으러 가신다 말씀하셨는데,

집을 떠난 후 다시는 돌아오질 못했습니다.   115

오이디푸스:

무슨 일이 있었는지 단서를 제공할 만한

사람이나 수행원도 없었소?

크레온:

오직 한 명만 빼고 모두 살해되었습니다.

그는 몹시 겁에 질려 도망쳐 왔는데,

한 가지 사실만 빼고,

아무것도 분명하게 알려주지 못했습니다.

Οἰδίπους

πότερα δ' ἐν οἴκοις ἢ 'ν ἀγροῖς ὁ Λάϊος

ἢ γῆς ἐπ' ἄλλης τῷδε συμπίπτει φόνῳ;

Κρέων

θεωρός, ὡς ἔφασκεν, ἐκδημῶν, πάλιν

πρὸς οἶκον οὐκέθ' ἵκεθ', ὡς ἀπεστάλη.

Οἰδίπους

οὐδ' ἄγγελός τις οὐδὲ συμπράκτωρ ὁδοῦ

κατεῖδ', ὅτου τις ἐκμαθὼν ἐχρήσατ' ἄν;

Κρέων

θνῄσκουσι γάρ, πλὴν εἷς τις, ὃς φόβῳ, φυγὼν

ὧν εἶδε πλὴν ἓν οὐδὲν εἶχ' εἰδὼς φράσαι.

오이디푸스:

그게 무엇이었소? 120

희망을 품을 만한 조그마한 실마리라도 있다면

더 많은 것을 발견할 수도 있을 터인데.

크레온:

그의 말에 따르면, 그들이 마주친 강도들은

한 사람이 아닌, 여러 명이었다고 합니다.

오이디푸스:

이 나라의 누군가 돈으로 매수한 것이 아니고는

어떻게 한낱 강도가 감히 그럴 수 있단 말인가? 125

크레온:

그렇게 여긴 사람도 있었습니다.

하지만 연이어 닥친 난관 속에서

우리 중 누구도 복수할

엄두를 내지 못했습니다.

Οἰδίπους

τὸ ποῖον; ἓν γὰρ πόλλ᾽ ἂν ἐξεύροι μαθεῖν,   120

ἀρχὴν βραχεῖαν εἰ λάβοιμεν ἐλπίδος.

Κρέων

λῃστὰς ἔφασκε συντυχόντας οὐ μιᾷ

ῥώμῃ κτανεῖν νιν, ἀλλὰ σὺν πλήθει χερῶν.

Οἰδίπους

πῶς οὖν ὁ λῃστής, εἴ τι μὴ ξὺν ἀργύρῳ

ἐπράσσετ᾽ ἐνθένδ᾽, ἐς τόδ᾽ ἂν τόλμης ἔβη;   125

Κρέων

δοκοῦντα ταῦτ᾽ ἦν· Λαΐου δ᾽ ὀλωλότος

οὐδεὶς ἀρωγὸς ἐν κακοῖς ἐγίγνετο.

오이디푸스:

도대체 어떤 난관이었기에

왕의 시해 사건을 조사하지 못했단 말이오?

크레온:

그 당시 시급한 스핑크스의 수수께끼를 푸는 데 급급해   130

그 사건을 조사하지 못했습니다.

오이디푸스:

그러면 내가 이 사건을 새로 조사해 밝혀내겠소.

아폴론 신께서 고인에게 이토록 마음을 쓰시니,

처남도 역시 그렇고.   135

그러니 나 또한 마땅히 이 나라와 신을 위해

복수에 동참할 것이오.

이 땅에서 더러운 죄를 몰아내는 것은

라이오스 왕뿐만 아니라

나 자신을 위한 일이기도 하오.

라이오스 왕을 죽인 자는

나를 또한 죽이고 싶어 할 것이오.   140

그러므로 고인을 돕는 것은 나 자신을 돕는 일이지.

Οἰδίπους

κακὸν δὲ ποῖον ἐμποδών, τυραννίδος

οὕτω πεσούσης, εἶργε τοῦτ᾽ ἐξειδέναι;

Κρέων

ἡ ποικιλῳδὸς Σφὶγξ τὸ πρὸς ποσὶν σκοπεῖν   130

μεθέντας ἡμᾶς τἀφανῆ προσήγετο.

Οἰδίπους

ἀλλ᾽ ἐξ ὑπαρχῆς αὖθις αὔτ᾽ ἐγὼ φανῶ:

ἐπαξίως γὰρ Φοῖβος, ἀξίως δὲ σὺ

πρὸ τοῦ θανόντος τήνδ᾽ ἔθεσθ᾽ ἐπιστροφήν:

ὥστ᾽ ἐνδίκως ὄψεσθε κἀμὲ σύμμαχον   135

γῇ τῇδε τιμωροῦντα τῷ θεῷ θ᾽ ἅμα.

ὑπὲρ γὰρ οὐχὶ τῶν ἀπωτέρω φίλων,

ἀλλ᾽ αὐτὸς αὑτοῦ τοῦτ᾽ ἀποσκεδῶ μύσος.

ὅστις γὰρ ἦν ἐκεῖνον ὁ κτανών, τάχ᾽ ἂν

κἄμ᾽ ἂν τοιαύτῃ χειρὶ τιμωροῦνθ᾽ ἕλοι.   140

κείνῳ προσαρκῶν οὖν ἐμαυτὸν ὠφελῶ.

자, 나의 백성들이여,

이제 제단에서 일어나

탄원의 화환을 들고 어서 돌아가오.

그리고 모든 백성들을 불러 모아

내가 할 수 있는   145

모든 것을 다할 것이라고 전하시오.

우리가 흥할지 망할지는

신의 도움에 달려 있소.

사제:

자, 백성들이여 이제 모두 일어서시오.

우리가 듣고자 했던 바를

왕께서 친히 약속해주셨습니다.   150

신탁을 주신 아폴론 신이시여,

이 역병을 그치게 하셔서

부디 우리를 구원해주시옵소서!

(코로스를 제외하고 모두 퇴장)

ἀλλ᾽ ὡς τάχιστα, παῖδες, ὑμεῖς μὲν βάθρων

ἵστασθε, τούσδ᾽ ἄραντες ἱκτῆρας κλάδους,

ἄλλος δὲ Κάδμου λαὸν ὧδ᾽ ἀθροιζέτω,

ὡς πᾶν ἐμοῦ δράσοντος· ἢ γὰρ εὐτυχεῖς   145

σὺν τῷ θεῷ φανούμεθ᾽ ἢ πεπτωκότες.

Ἱερεύς

ὦ παῖδες, ἱστώμεσθα· τῶνδε γὰρ χάριν

καὶ δεῦρ᾽ ἔβημεν ὧν ὅδ᾽ ἐξαγγέλλεται.

Φοῖβος δ᾽ ὁ πέμψας τάσδε μαντείας ἅμα

σωτήρ δ᾽ ἵκοιτο καὶ νόσου παυστήριος.   150

코로스:

황금의 델포이 신전에서

영광스러운 테바이로 전해진 신탁은 무엇인가요?

오, 고통을 치유하시는 아폴론 신이시여,

나의 두려운 마음이 터질 듯하며,

공포로 인해 떨고 있나이다.

당신이 내리실 운명 앞에

심히 두려운 마음으로 서 있습니다.   155

그것이 이제껏 경험하지 못한 새로운 것인지,

돌고 도는 인생사에서 익히 보아온 것인지,

불멸의 목소리여, 희망의 신이시여, 내게 말하소서!

제우스의 따님인 불멸의 아테나 신이시여,   160

그의 자매이며 아고라의 옥좌에 앉으신,

이 땅의 수호신 아르테미스여,

활의 신 아폴론이여!

삼중으로 보호하사 내게서 죽음을 물리쳐주는

나의 신들이시여, 내게 나타나 보이소서!

이전에 이 나라에서 재앙을 몰아내셨던 것처럼,   165

지금도 그리하소서!

Χορός

ὦ Διὸς ἁδυεπὲς φάτι, τίς ποτε

τᾶς πολυχρύσου Πυθῶνος ἀγλαὰς ἔβας

Θήβας; ἐκτέταμαι φοβερὰν φρένα, δείματι πάλλων,

ἰήιε Δάλιε Παιάν,

ἀμφὶ σοὶ ἁζόμενος τί μοι ἢ νέον   155

ἢ περιτελλομέναις ὥραις πάλιν ἐξανύσεις χρέος.

εἰπέ μοι, ὦ χρυσέας τέκνον Ἐλπίδος, ἄμβροτε Φάμα.

πρῶτα σὲ κεκλόμενος, θύγατερ Διός, ἄμβροτ' Ἀθάνα

γαιάοχόν τ' ἀδελφεὰν   160

Ἄρτεμιν, ἃ κυκλόεντ' ἀγορᾶς θρόνον

εὐκλέα θάσσει,

καὶ Φοῖβον ἑκαβόλον, ἰὼ

τρισσοὶ ἀλεξίμοροι προφάνητέ μοι,

εἴ ποτε καὶ προτέρας ἄτας ὕπερ

ὄρνυμ ἕνας πόλει   165

ἠνύσατ' ἐκτοπίαν φλόγα πήματος,

ἔλθετε καὶ νῦν.

우리의 슬픔을 헤아릴 길이 없구나.

온 나라가 재앙에 빠졌으나

물리칠 방책이 없으니   170

이 훌륭한 나라에 자라나는 아이들이 없고,

여인들은 산고를 이겨내지 못하도다.

재빨리 나는 새들처럼,

활활 타오르는 불꽃보다

더 빠르게,

이 땅의 생명이   175

차례로 달려가

죽음의 나라로 사라지는 것을 보는도다.

헤아릴 수 없이 많은 죽음과 함께

이 나라도 죽어가는도다.

동정도 애도도 없이, 자식들은 죽음을   180

퍼뜨리며 땅바닥에 나뒹군다.

아내들과 백발의 노모들은

제단의 여기저기에서 통곡하고,

슬픔에 신음하며 탄원하는구나.

치유의 신께 올리는 기도 소리가   185

ὦ πόποι, ἀνάριθμα γὰρ φέρω πήματα·

νοσεῖ δέ μοι πρόπας στόλος,

οὐδ᾽ ἔνι φροντίδος ἔγχος 170

ᾧ τις ἀλέξεται. οὔτε γὰρ ἔκγονα

κλυτᾶς χθονὸς αὔξεται οὔτε τόκοισιν

ἰηίων

καμάτων ἀνέχουσι γυναῖκες·

ἄλλον δ᾽ ἂν ἄλλῳ

προσίδοις ἅπερ εὔπτερον ὄρνιν 175

κρεῖσσον ἀμαιμακέτου πυρὸς ὄρμενον

ἀκτὰν πρὸς ἑσπέρου θεοῦ.

ὧν πόλις ἀνάριθμος ὄλλυται·

νηλέα δὲ γένεθλα πρὸς πέδῳ 180

θαναταφόρα κεῖται ἀνοίκτως·

ἐν δ᾽ ἄλοχοι πολιαί τ᾽ ἔπι ματέρες

ἀχὰν παραβώμιον ἄλλοθεν ἄλλαν

λυγρῶν πόνων

ἱκετῆρες ἐπιστενάχουσιν. 185

탄식소리와 뒤섞여 울려 퍼지도다.
금빛 찬란한 제우스의 따님 아테나 신이시여,
이 고통 속에 있는 우리에게
찬란한 구원의 얼굴을 비추소서!

놋 방패 부딪치는 소리가 들리진 않지만,   190
우리는 정녕 파멸의 신과 싸우고 있도다.
인간들의 울부짖음 가운데 잔인한 신이
우리를 불태우고 있구나.
제우스 신이시여,
그를 황급히 이 땅에서 쫓아내어   195
저 깊은 바다 속으로 몰아내소서.
안전한 정박을 허락지 않는
트라키아의 험악한 파도 속으로 몰아내소서.
우리가 고통의 밤을 견디어도
또 다른 고통의 날이 찾아오나니,
번갯불을 다스리는   200
아버지 제우스 신이시여,
파멸의 신을 당신의 번갯불로
쳐부수어 주소서!

παιὰν δὲ λάμπει

στονόεσσά τε γῆρυς ὅμαυλος

ὧν ὕπερ, ὦ χρυσέα θύγατερ Διός,

εὐῶπα πέμψον ἀλκάν.

Ἄρεά τε τὸν μαλερόν, ὃς   190

νῦν ἄχαλκος ἀσπίδων

φλέγει με περιβόατον, ἀντιάζω

παλίσσυτον δράμημα νωτίσαι πάτρας

ἔπουρον, εἴτ᾽ ἐς μέγαν

θάλαμον Ἀμφιτρίτας   195

εἴτ᾽ ἐς τὸν ἀπόξενον

ὅρμων Θρῄκιον κλύδωνα·

τελεῖν γὰρ εἴ τι νὺξ ἀφῇ,

τοῦτ᾽ ἐπ᾽ ἦμαρ ἔρχεται·

τόν, ὦ τᾶν πυρφόρων   200

ἀστραπᾶν κράτη νέμων,

ὦ Ζεῦ πάτερ, ὑπὸ σῷ φθίσον κεραυνῷ,

아폴론 신이시여, 황금의 활시위로
누구도 피할 수 없는 화살을 쏘아,   205
적을 모조리 섬멸시켜 주시옵소서.
뤼키아 언덕을 휘젓고 다니는 아르테미스 여신이여,
황금의 불화살을 쏘시옵소서.
또 기도하오니,
황금의 머리띠를 두르시고,   210
이 나라의 시조가 되시며,
환희의 축제를 베푸시는,
와인빛 얼굴의 박코스 신이시여,
타오르는 소나무 횃불을 들고 오사,
우리를 괴롭히는 그 악한 신을 물리치소서!   215

(오이디푸스 다시 등장)

오이디푸스:
그대의 기도를 들었소.
만약 그대가 나의 말을 잘 새겨듣고 역병과 싸우게 되면,
그대는 힘을 얻고 재앙에서 구원받게 될 것이오.
내 말을 잘 들어보시오.

Λύκει᾽ ἄναξ, τά τε σὰ

χρυσοστρόφων ἀπ᾽ ἀγκυλᾶν

βέλεα θέλοιμ᾽ ἂν ἀδάματ᾽ ἐνδατεῖσθαι   205

ἀρωγὰ προσταχθέντα τάς τε πυρφόρους

Ἀρτέμιδος αἴγλας, ξὺν αἷς

Λύκι᾽ ὄρεα διᾴσσει·

τὸν χρυσομίτραν τε κικλήσκω,

τᾶσδ᾽ ἐπώνυμον γᾶς,   210

οἰνῶπα Βάκχον εὔιον,

Μαινάδων ὁμόστολον,

πελασθῆναι φλέγοντ᾽

ἀγλαῶπι ‾ ˘ ‾

πεύκᾳ 'πὶ τὸν ἀπότιμον ἐν θεοῖς θεόν.   215

Οἰδίπους

αἰτεῖς· ἃ δ᾽ αἰτεῖς, τἄμ᾽ ἐὰν θέλῃς ἔπη

κλύων δέχεσθαι τῇ νόσῳ θ᾽ ὑπηρετεῖν,

ἀλκὴν λάβοις ἂν κἀνακούφισιν κακῶν·

나는 그 사건에 대해 알지 못하고,

그 전해지는 이야기에 대해서도 잘 모르는 사람이니,

만약, 단서도 없이 나 혼자 조사한다면   220

일이 전혀 진척되지 못할 것이오.

이방인이었던 내가, 그 사건이 일어난 후에

테바이 사람 중 하나가 되었으니 말이오.

그러니 이제 모든 테바이 백성들에게 알리노라.

랍다코스의 아들인 라이오스 왕이   225

누구의 손에 죽었는지 아는 자는 내게 고하라.

그리고 죗값이 두렵겠지만, 죄를 자백하는 자는

아무 해함 없이 다만 이 나라에서 추방당할 것이다.

만약, 그 살인자가 이방인일지라도,

그 사실을 아는 자는 내게 고할지어다.   230

그 사람에게도 보상과 감사를 표할 것이다.

그러나 만약, 너희 중 누구라도 자기 자신이나

죄인인 친구를 지키기 위해 침묵하거나

또는 내 말을 거역하는 자에게,

내가 어떻게 할 것인지 잘 들을지어다.

그 자가 누구든지 간에 내가 다스리는   235

ἁγὼ ξένος μὲν τοῦ λόγου τοῦδ' ἐξερῶ,

ξένος δὲ τοῦ πραχθέντος· οὐ γὰρ ἂν μακρὰν   220

ἴχνευον αὐτός, μὴ οὐκ ἔχων τι σύμβολον,

νῦν δ' ὕστερος γὰρ ἀστὸς εἰς ἀστοὺς τελῶ,

ὑμῖν προφωνῶ πᾶσι Καδμείοις τάδε·

ὅστις ποθ' ὑμῶν Λάϊον τὸν Λαβδάκου

κάτοιδεν ἀνδρὸς ἐκ τίνος διώλετο,   225

τοῦτον κελεύω πάντα σημαίνειν ἐμοί·

κεἰ μὲν φοβεῖται, τοὐπίκλημ' ὑπεξελεῖν

αὐτὸν καθ' αὑτοῦ· πείσεται γὰρ ἄλλο μὲν

ἀστεργὲς οὐδέν. γῆς δ' ἄπεισιν ἀσφαλής.

εἰ δ' αὖ τις ἄλλον οἶδεν ἐξ ἄλλης χθονὸς   230

τὸν αὐτόχειρα, μὴ σιωπάτω· τὸ γὰρ

κέρδος τελῶ 'γὼ χἠ χάρις προσκείσεται.

εἰ δ' αὖ σιωπήσεσθε, καί τις ἢ φίλου

δείσας ἀπώσει τοὔπος ἢ χαὑτοῦ τόδε,

ἃκ τῶνδε δράσω, ταῦτα χρὴ κλύειν ἐμοῦ.   235

이 나라에 거하지 못할 것이다.
어느 누구도 그와 교제해서는 안 되며
그를 신전 제사에 참여케 하거나,
정결의식에 참여케 해서도 안 된다.   240
어느 누구도 자신의 집에 그를 들이지 말라.
델포이 신탁에 의해,
그가 이 땅의 죄악임이 드러났노라.

그러므로 나는 신과 고인이 된 왕의 동맹으로
승리를 위해 싸울 것이오.   245
그 살인자가 누구인지, 한 놈인지, 여럿인지
알 수 없으나, 그에게 나는 이런 저주를 내리노라.
악행에 합당한 처참한 최후를 맞을지어다!
만약 내가 알고도 그를 내 집에 들인다면
그 저주가 내게 내릴지어다.   250

이 모든 명령들을, 나와 신과,
신에게서 버림받은
황폐한 이 나라를 위해,
충실히 지킬 것을 그대들에게 명하노라.

τὸν ἄνδρ᾽ ἀπαυδῶ τοῦτον, ὅστις ἐστί, γῆς

τῆσδ᾽, ἧς ἐγὼ κράτη τε καὶ θρόνους νέμω,

μήτ᾽ εἰσδέχεσθαι μήτε προσφωνεῖν τινα,

μήτ᾽ ἐν θεῶν εὐχαῖσι μήτε θύμασιν

κοινὸν ποεῖσθαι, μήτε χέρνιβας νέμειν·   240

ὠθεῖν δ᾽ ἀπ᾽ οἴκων πάντας, ὡς μιάσματος

τοῦδ᾽ ἡμὶν ὄντος, ὡς τὸ Πυθικὸν θεοῦ

μαντεῖον ἐξέφηνεν ἀρτίως ἐμοί.

ἐγὼ μὲν οὖν τοιόσδε τῷ τε δαίμονι

τῷ τ᾽ ἀνδρὶ τῷ θανόντι σύμμαχος πέλω·   245

κατεύχομαι δὲ τὸν δεδρακότ᾽, εἴτε τις

εἷς ὢν λέληθεν εἴτε πλειόνων μέτα,

κακὸν κακῶς νιν ἄμορον ἐκτρῖψαι βίον·

ἐπεύχομαι δ᾽, οἴκοισιν εἰ ξυνέστιος

ἐν τοῖς ἐμοῖς γένοιτ᾽ ἐμοῦ συνειδότος,   250

παθεῖν ἅπερ τοῖσδ᾽ ἀρτίως ἠρασάμην.

ὑμῖν δὲ ταῦτα πάντ᾽ ἐπισκήπτω τελεῖν,

ὑπέρ τ᾽ ἐμαυτοῦ τοῦ θεοῦ τε τῆσδέ τε

γῆς ὧδ᾽ ἀκάρπως κἀθέως ἐφθαρμένης.

신탁이 없었더라도 마찬가지요.   255
고귀하고, 한때 그대들의 왕이었던 분이
살해당했거늘,
이 일을 깨끗이 해결하지 않은 채 내버려두는 것은
정녕 옳지 못하오. 애당초 그대들이
철저히 조사해 밝혔어야 했는데 말이오.   260
한때는 그분의 것이었던
왕위, 침실, 아내를 가진 자로서,
그분에게 자손의 복이 마르지 않았더라면
어쩌면 내 가족이 되었을 수도 있는 자녀들까지.
이 모두를 위해, 내 아버지를 위하듯이   265
샅샅이 뒤져 그 살해범을 찾아내겠소.
아게노르의 아들 카드모스,
그 아들인 폴뤼도로스의 아들 랍다코스,
그의 아들인 라이오스 왕의 명예를 걸고.
내 명령에 복종하지 않는 자들에게는,
신께서 저주하실지니,
곡식의 소출이 없게 하시고, 자손을 끊으실지라!
지금의 불행   270
혹은 더한 불행으로 그들을 소멸하시리로다!

οὐδ' εἰ γὰρ ἦν τὸ πρᾶγμα μὴ θεήλατον,   255

ἀκάθαρτον ὑμᾶς εἰκὸς ἦν οὕτως ἐᾶν,

ἀνδρός γ' ἀρίστου βασιλέως τ' ὀλωλότος,

ἀλλ' ἐξερευνᾶν· νῦν δ' ἐπεὶ κυρῶ γ' ἐγὼ

ἔχων μὲν ἀρχὰς ἃς ἐκεῖνος εἶχε πρίν,

ἔχων δὲ λέκτρα καὶ γυναῖχ' ὁμόσπορον,   260

κοινῶν τε παίδων κοίν' ἄν, εἰ κείνῳ γένος

μὴ 'δυστύχησεν, ἦν ἂν ἐκπεφυκότα·

νῦν δ' ἐς τὸ κείνου κρᾶτ' ἐνήλαθ' ἡ τύχη·

ἀνθ' ὧν ἐγὼ τάδ', ὡσπερεὶ τοὐμοῦ πατρός,

ὑπερμαχοῦμαι κἀπὶ πᾶν ἀφίξομαι,   265

ζητῶν τὸν αὐτόχειρα τοῦ φόνου λαβεῖν,

τῷ Λαβδακείῳ παιδὶ Πολυδώρου τε καὶ

τοῦ πρόσθε Κάδμου τοῦ πάλαι τ' Ἀγήνορος.

καὶ ταῦτα τοῖς μὴ δρῶσιν εὔχομαι θεοὺς

μήτ' ἄροτον αὐτοῖς γῆς ἀνιέναι τινὰ   270

μήτ' οὖν γυναικῶν παῖδας, ἀλλὰ τῷ πότμῳ

하지만 이 모든 말을 기쁘게 듣는
그대 테바이 백성들에게,
우리 편이신 정의의 신과 모든 신들의 축복이
이제로부터 영원히 함께 하실지어다! 275

코로스:

왕이시여, 맹세를 종용하시니 말씀드립니다만,
저는 살인자도 아니고 살인자를 찾아내지도 못합니다.
그러나 아폴론 신께서 조사하게 하셨으니
누가 살인자인지도 알려주시게 될 것입니다.

오이디푸스:

그렇기도 하지. 그러나 세상의 어떤 인간도 280
신들에게 억지로 말하게 할 수는 없지 않소.

코로스:

그러시다면, 제가 차선책을 말씀드려도 될까요?

오이디푸스:

세 번째 방법도 있다면, 그것도 어서 말해주시오.

τῷ νῦν φθερεῖσθαι κἄτι τοῦδ᾽ ἐχθίονι·

ὑμῖν δὲ τοῖς ἄλλοισι Καδμείοις, ὅσοις

τάδ᾽ ἔστ᾽ ἀρέσκονθ᾽, ἥ τε σύμμαχος Δίκη

χοἰ πάντες εὖ ξυνεῖεν εἰσαεὶ θεοί.   270

Χορός

ὥσπερ μ᾽ ἀραῖον ἔλαβες, ὧδ᾽, ἄναξ, ἐρῶ.

οὔτ᾽ ἔκτανον γὰρ οὔτε τὸν κτανόντ᾽ ἔχω δεῖξαι.

τὸ δὲ ζήτημα τοῦ πέμψαντος ἦν

Φοίβου τόδ᾽ εἰπεῖν, ὅστις εἴργασταί ποτε.

Οἰδίπους

δίκαι᾽ ἔλεξας· ἀλλ᾽ ἀναγκάσαι θεοὺς   280

ἂν μὴ θέλωσιν οὐδ᾽ ἂν εἷς δύναιτ᾽ ἀνήρ.

Χορός

τὰ δεύτερ᾽ ἐκ τῶνδ᾽ ἂν λέγοιμ᾽ ἁμοὶ δοκεῖ.

Οἰδίπους

εἰ καὶ τρίτ᾽ ἐστί, μὴ παρῇς τὸ μὴ οὐ φράσαι.

- 57 -

코로스:

제가 아는 바로는,

아폴론 신의 뜻을 가장 잘 읽는 이는

테이레시아스 선지자입니다.   285

그러니, 이 일에 대해 그에게 물어보신다면

가장 확실하게 알 수 있을 것입니다.

오이디푸스:

이미 그렇게 조치를 취했다오.

크레온의 말을 듣고 이미 두 번이나 사람을 보냈소.

벌써 올 때가 됐는데

왜 지체되는지 알 수 없구료.

코로스:

그런데, 왕이시여, 라이오스 왕의 죽음에 관한   290

오래된 이런 소문이 있습니다.

오이디푸스:

그것이 무엇이오?

나는 가능한 모든 것들을 조사할 것이오.

Χορός

ἄνακτ᾽ ἄνακτι ταῦθ᾽ ὁρῶντ᾽ ἐπίσταμαι

μάλιστα Φοίβῳ Τειρεσίαν, παρ᾽ οὗ τις ἂν   285

σκοπῶν τάδ᾽, ὦναξ, ἐκμάθοι σαφέστατα.

Οἰδίπους

ἀλλ᾽ οὐκ ἐν ἀργοῖς οὐδὲ τοῦτ᾽ ἐπραξάμην.

ἔπεμψα γὰρ Κρέοντος εἰπόντος διπλοῦς πομπούς·

πάλαι δὲ μὴ παρὼν θαυμάζεται.

Χορός

καὶ μὴν τά γ᾽ ἄλλα κωφὰ καὶ παλαί᾽ ἔπη.   290

Οἰδίπους

τὰ ποῖα ταῦτα; πάντα γὰρ σκοπῶ λόγον.

코로스:

어떤 여행자들에 의해 살해되었다는 말이 있습니다.

오이디푸스:

나 또한 그 이야기를 들었소만,

아무도 그 목격자를 만나지는 못했소.

코로스:

그렇지만, 그가 조금이라도 두려움이 있는 자라면

왕께서 하신 저주를 듣고,

더 이상 버티지 못할 것입니다.   295

오이디푸스:

그런 끔찍한 짓을 저지른 놈이

저주 따위를 두려워하리오.

코로스:

드디어 범인을 밝힐,

신통하신 예언자를 모시고 오는군요.

오직 진리가 충만한 분이시죠.

Χορός

θανεῖν ἐλέχθη πρός τινων ὁδοιπόρων.

Οἰδίπους

ἤκουσα κἀγώ. τὸν δ᾽ ἰδόντ᾽ οὐδεὶς ὁρᾷ.

Χορός

ἀλλ᾽ εἴ τι μὲν δὴ δείματός γ᾽ ἔχει μέρος,

τὰς σὰς ἀκούων οὐ μενεῖ τοιάσδ᾽ ἀράς,   295

Οἰδίπους

ᾧ μή 'στι δρῶντι τάρβος, οὐδ᾽ ἔπος φοβεῖ.

Χορός

ἀλλ᾽ οὑξελέγξων αὐτὸν ἔστιν·

οἵδε γὰρ τὸν θεῖον ἤδη μάντιν ὧδ᾽ ἄγουσιν,

ᾧ τἀληθὲς ἐμπέφυκεν ἀνθρώπων μόνῳ.

(테이레시아스가 어린 소년의 인도를 받으며 등장)

오이디푸스:

오, 테이레시아스여,   300

학문적인 것이든, 신령한 것이든,

하늘의 일이나 세상의 일이나, 그 모든 일에 능통한 자여,

그대는 눈으로 볼 수는 없으나,

이 나라가 어떤 역병에 시달리는지 알고 있소.

오직 당신만이 우리의 수호자요, 구원자이십니다.

이미 알고 계신지 모르겠소만,   305

아폴론께서 이런 신탁을 보내주셨소.

우리가 이 역병에서 벗어나려면

라이오스 왕의 살해자들을 찾아

그들을 죽이거나 이 나라에서 추방해야 한다는 것이오.

새 점을 통한 것이든,

다른 방법의 예언이든   310

아끼지 말고 우리에게 주시오.

그래서 그대 자신과 이 나라와 나를 구해주시오.

왕을 살해한 사건으로 인해

우리에게 드리워진 죄악을 청산하게 해주오.

Οἰδίπους

ὦ πάντα νωμῶν Τειρεσία, διδακτά τε   300

ἄρρητά τ᾽, οὐράνιά τε καὶ χθονοστιβῆ,

πόλιν μέν, εἰ καὶ μὴ βλέπεις, φρονεῖς δ᾽ ὅμως

οἵᾳ νόσῳ σύνεστιν: ἧς σὲ προστάτην

σωτῆρά τ᾽, ὦναξ, μοῦνον ἐξευρίσκομεν.

Φοῖβος γάρ, εἴ τι μὴ κλύεις τῶν ἀγγέλων,   305

πέμψασιν ἡμῖν ἀντέπεμψεν, ἔκλυσιν

μόνην ἂν ἐλθεῖν τοῦδε τοῦ νοσήματος,

εἰ τοὺς κτανόντας Λάϊον μαθόντες εὖ

κτείναιμεν ἢ γῆς φυγάδας ἐκπεμψαίμεθα.

σύ νυν φθονήσας μήτ᾽ ἀπ᾽ οἰωνῶν φάτιν   310

μήτ᾽ εἴ τιν᾽ ἄλλην μαντικῆς ἔχεις ὁδόν,

ῥῦσαι σεαυτὸν καὶ πόλιν, ῥῦσαι δ᾽ ἐμέ,

ῥῦσαι δὲ πᾶν μίασμα τοῦ τεθνηκότος.

우리의 운명은 그대 손에 달려 있소.
능력 있는 자가 타인을 도우며 수고하는 것은
가장 고귀한 일이 아니겠소?   315

테이레시아스:

오, 슬프도다. 지혜가 아무 소용이 없으니,
지혜로운 것이 고통이로다!
잘 알고 있던 이 사실을 깜빡했구나.
그렇지 않았다면 여기 오지 않았을 텐데.

오이디푸스:

그게 무슨 말이오? 어찌 그리 침울하오?

테이레시아스:

집으로 돌아가게 해주십시오.
왕께서 저의 충고를 받아들이사,   320
각자의 짐을 끝까지 지고 가는 것이
우리 두 사람에게 제일 좋은 일입니다.

ἐν σοὶ γὰρ ἐσμέν: ἄνδρα δ' ὠφελεῖν ἀφ' ὧν

ἔχοι τε καὶ δύναιτο, κάλλιστος πόνων.   315

Τειρεσίας

φεῦ φεῦ, φρονεῖν ὡς δεινὸν ἔνθα μὴ τέλη

λύῃ φρονοῦντι: ταῦτα γὰρ καλῶς ἐγὼ

εἰδὼς διώλεσ': οὐ γὰρ ἂν δεῦρ' ἱκόμην.

Οἰδίπους

τί δ' ἔστιν; ὡς ἄθυμος εἰσελήλυθας.

Τειρεσίας

ἄφες μ' ἐς οἴκους: ῥᾷστα γὰρ τὸ σόν τε σὺ   320

κἀγὼ διοίσω τοὐμόν, ἢν ἐμοὶ πίθῃ.

오이디푸스:

우리에게 예언을 해주지 않겠다니!

그대는 인간의 도리를 벗어나,

그대를 길러준 조국을 저버린 자처럼 말하는구려.

테이레시아스:

그런데 왕께서 말씀을 함부로 하시는 것을 보니,

저는 더욱 말을 조심해야겠습니다. 325

오이디푸스:

부디, 알고 있다면 외면하지 마오.

모두가 이렇게 엎드려

애원하고 있지 않소.

테이레시아스:

여기 있는 여러분은 아무것도 모르기 때문이지요.

하지만 우리의 죄악,

직설적으로 말하자면, 왕의 죄악을

제 입으로 만천하에 드러내지 않겠습니다.

Οἰδίπους

οὔτ᾽ ἔννομ᾽ εἶπας οὔτε προσφιλῆ πόλει τῇδ᾽,

ἤ σ᾽ ἔθρεψε, τήνδ᾽ ἀποστερῶν φάτιν.

Τειρεσίας

ὁρῶ γὰρ οὐδὲ σοὶ τὸ σὸν φώνημ᾽ ἰὸν

πρὸς καιρόν: ὡς οὖν μηδ᾽ ἐγὼ ταὐτὸν πάθω —   325

Οἰδίπους

μὴ πρὸς θεῶν φρονῶν γ᾽ ἀποστραφῇς, ἐπεὶ

πάντες σε προσκυνοῦμεν οἵδ᾽ ἱκτήριοι.

Τειρεσίας

πάντες γὰρ οὐ φρονεῖτ᾽: ἐγὼ δ᾽ οὐ μή ποτε

τἄμ᾽, ὡς ἂν εἴπω μὴ τὰ σ᾽, ἐκφήνω κακά.

오이디푸스:

그게 무슨 말이오?

뭔가를 알고 있으면서 말하지 않겠다니. 330

우리를 배신하고 이 나라를 망하게 할 셈이오?

테이레시아스:

저는 이 고통을,

왕께도, 저에게도 안기지 않을 것입니다.

왜 저를 심문하시느라 힘을 낭비하십니까?

저는 아무것도 말씀드릴 수 없습니다.

오이디푸스:

못한다고? 이 괘씸한 자,

돌마저도 화가 나겠구먼, 335

끝까지 고집을 피우며 못하겠단 말이오?

테이레시아스:

왕께서는,

성질을 부린다고 저만 비난하시지만

자신은 어떠하신지 모르시군요.

Οἰδίπους

τί φῄς; ξυνειδὼς οὐ φράσεις, ἀλλ᾽ ἐννοεῖς

ἡμᾶς προδοῦναι καὶ καταφθεῖραι πόλιν;   330

Τειρεσίας

ἐγὼ οὔτ᾽ ἐμαυτὸν οὔτε σ᾽ ἀλγυνῶ. τί ταῦτ᾽

ἄλλως ἐλέγχεις; οὐ γὰρ ἂν πύθοιό μου.

Οἰδίπους

οὐκ, ὦ κακῶν κάκιστε, καὶ γὰρ ἂν πέτρου

φύσιν σύ γ᾽ ὀργάνειας, ἐξερεῖς ποτε,   335

ἀλλ᾽ ὧδ᾽ ἄτεγκτος κἀτελεύτητος φανεῖ;

Τειρεσίας

ὀργὴν ἐμέμψω τὴν ἐμήν, τὴν σὴν δ᾽ ὁμοῦ

ναίουσαν οὐ κατεῖδες, ἀλλ᾽ ἐμὲ ψέγεις.

오이디푸스:

그와 같은 말로 이 나라를 모욕하는데

성질이 나지 않을 자가 어디 있는가?   340

테이레시아스:

제가 감추려 애를 써도,

만사가 때가 되면 드러나는 법이지요.

오이디푸스:

어차피 드러날 일이면 내게 말해주시오.

테이레시아스:

더 이상 말씀드리지 않겠습니다.

화가 난다면 얼마든지 내십시오.

오이디푸스:

정말 너무 화가 나서, 내 생각을 숨길 수가 없구나.   345

어쩌면 당신이 그 살인을 계획하고 저질렀는지 모르지.

직접 손을 대지는 않았어도 말이야.

장님이 아니라면 혼자서 실행했을지도 모르지.

Οἰδίπους

τίς γὰρ τοιαῦτ' ἂν οὐκ ἂν ὀργίζοιτ' ἔπη κλύων,

ἃ νῦν σὺ τήνδ' ἀτιμάζεις πόλιν;

Τειρεσίας

ἥξει γὰρ αὐτά, κἂν ἐγὼ σιγῇ στέγω.

Οἰδίπους

οὐκοῦν ἅ γ' ἥξει καὶ σὲ χρὴ λέγειν ἐμοί.

Τειρεσίας

οὐκ ἂν πέρα φράσαιμι. πρὸς τάδ', εἰ θέλεις,

θυμοῦ δι' ὀργῆς ἥτις ἀγριωτάτη.

Οἰδίπους

καὶ μὴν παρήσω γ' οὐδέν, ὡς ὀργῆς ἔχω,   345

ἅπερ ξυνίημ': ἴσθι γὰρ δοκῶν ἐμοὶ

καὶ ξυμφυτεῦσαι τοὔργον εἰργάσθαι θ', ὅσον

μὴ χερσὶ καίνων: εἰ δ' ἐτύγχανες βλέπων,

καὶ τοὔργον ἂν σοῦ τοῦτ', ἔφην εἶναι μόνου.

테이레시아스:

진심이신가요? 그러면 이전에 왕께서 내린   350
자신의 명령을 실행하십시오.
앞으로는 이 백성들이나 저에게 아는 체도 마십시오.
이 땅을 오염시킨 죄인은 바로 당신입니다.

오이디푸스:

어떻게 감히 그 따위 말을 지껄이는가!
그러고도 무사할 줄 아시오?   355

테이레시아스:

그럼요. 저는 무사하지요. 진실이 제 힘이니까요.

오이디푸스:

도대체 누가 그 진실을 가르쳐주었소?
그대 자신의 능력은 분명 아닐 테니!

테이레시아스:

왕께서 가르쳐주었죠.
제가 억지로 말하도록 했으니까요.

Τειρεσίας

ἄληθες; ἐννέπω σὲ τῷ κηρύγματι

ᾧπερ προεῖπας ἐμμένειν, κἀφ᾿ ἡμέρας

τῆς νῦν προσαυδᾶν μήτε τούσδε μήτ᾿ ἐμέ,

ὡς ὄντι γῆς τῆσδ᾿ ἀνοσίῳ μιάστορι.

Οἰδίπους

οὕτως ἀναιδῶς ἐξεκίνησας τόδε

τὸ ῥῆμα; καὶ ποῦ τοῦτο φεύξεσθαι δοκεῖς;

Τειρεσίας

πέφευγα: τἀληθὲς γὰρ ἰσχῦον τρέφω.

Οἰδίπους

πρὸς τοῦ διδαχθείς; οὐ γὰρ ἔκ γε τῆς τέχνης.

Τειρεσίας

πρὸς σοῦ: σὺ γάρ μ᾿ ἄκοντα προυτρέψω λέγειν.

오이디푸스:

무슨 말을 했소? 잘 알아듣게 다시 말해보시오.

테이레시아스:

정말 이해를 못하신 겁니까, 아님
괜히 시비를 걸어보시는 겁니까?   360

오이디푸스:

제대로 알아듣지 못했으니, 다시 말해보시오.

테이레시아스:

왕께서 찾고 있는 라이오스 왕의 살인자는
바로 당신입니다.

오이디푸스:

두 번씩이나 그런 악담을 지껄이다니,
무사치 못할 것이오.

테이레시아스:

화를 더 돋울 말을 해볼까요?

Οἰδίπους

ποῖον λόγον; λέγ' αὖθις, ὡς μᾶλλον μάθω.

Τειρεσίας

οὐχὶ ξυνῆκας πρόσθεν; ἢ 'κπειρᾷ λέγων;   360

Οἰδίπους

οὐχ ὥστε γ' εἰπεῖν γνωστόν· ἀλλ' αὖθις φράσον.

Τειρεσίας

φονέα σε φημὶ τἀνδρὸς οὗ ζητεῖς κυρεῖν.

Οἰδίπους

ἀλλ' οὔ τι χαίρων δίς γε πημονὰς ἐρεῖς.

Τειρεσίας

εἴπω τι δῆτα κἄλλ', ἵν' ὀργίζῃ πλέον;

오이디푸스:

어디 마음대로 해보시오. 결국 헛소리겠지.　　　　　　　365

테이레시아스:

가장 가까운 혈육과 수치스런 관계에 빠진 채
그 재앙을 모르고 있소.

오이디푸스:

이런 식으로 지껄이고도
살아남을 것 같은가?

테이레시아스:

진리가 살아 역사하고 있다면, 그렇겠죠.

오이디푸스:

그렇긴 하지만, 당신은 아니야.　　　　　　　　　370
그 진리가 당신에게는 해당되지 않지.
왜냐하면 당신은 눈과 귀,
생각도 다 멀었으니까.

Οἰδίπους

ὅσον γε χρῄζεις· ὡς μάτην εἰρήσεται.   365

Τειρεσίας

λεληθέναι σε φημὶ σὺν τοῖς φιλτάτοις
αἴσχισθ᾽ ὁμιλοῦντ᾽, οὐδ᾽ ὁρᾶν ἵν᾽ εἶ κακοῦ.

Οἰδίπους

ἦ καὶ γεγηθὼς ταῦτ᾽ ἀεὶ λέξειν δοκεῖς;

Τειρεσίας

εἴπερ τί γ᾽ ἐστὶ τῆς ἀληθείας σθένος.

Οἰδίπους

ἀλλ᾽ ἔστι, πλὴν σοί· σοὶ δὲ τοῦτ᾽ οὐκ ἔστ᾽ ἐπεὶ   370
τυφλὸς τά τ᾽ ὦτα τόν τε νοῦν τά τ᾽ ὄμματ᾽ εἶ.

테이레시아스:

불쌍하도다! 결국 자신에게로 돌아갈

그 따위 모욕을 내게 퍼붓다니!

오이디푸스:

당신은 어둠에 갇힌 자이므로,

빛 속에 있는 나,

그리고 세상 누구도 해칠 수 없지.   375

테이레시아스:

내 손에 의해 파멸할 운명이 아니니까요,

하지만 아폴론 신께서는 그렇게 하실 수 있지요.

오이디푸스:

당신 아니면 크레온의 짓이지?

테이레시아스:

왕을 파멸시키는 것은 크레온이 아니라,

왕 자신입니다.

Τειρεσίας

σὺ δ' ἄθλιός γε ταῦτ' ὀνειδίζων, ἃ σοὶ
οὐδεὶς ὃς οὐχὶ τῶνδ' ὀνειδιεῖ τάχα.

Οἰδίπους

μιᾶς τρέφει πρὸς νυκτός, ὥστε μήτ' ἐμὲ
μήτ' ἄλλον, ὅστις φῶς ὁρᾷ, βλάψαι ποτ' ἄν.   375

Τειρεσίας

οὐ γάρ σε μοῖρα πρός γ' ἐμοῦ πεσεῖν, ἐπεὶ
ἱκανὸς Ἀπόλλων, ᾧ τάδ' ἐκπρᾶξαι μέλει.

Οἰδίπους

Κρέοντος ἢ σοῦ ταῦτα τἀξευρήματα;

Τειρεσίας

Κρέων δέ σοι πῆμ' οὐδέν, ἀλλ' αὐτὸς σὺ σοί.

오이디푸스:

부와 권력 그리고 뛰어난 재주,   380
이것이 거대한 질투를 불러일으키는구나!
이 나라에서 뜻밖의 선물로 내게 안겨준
이 권좌를 탐하여,
나의 충실한 오랜 친구인 크레온이   385
몰래 기어들어와 나를 쫓아내려 했고,
자신의 이익에만 눈이 밝고 예언에는 눈이 먼,
이 같은 간교한 사기꾼을 매수하였구나.

자, 말해보시오.
당신은 언제 제대로 된 예언을 한 적이 있소?   390
요괴 스핑크스가 이 나라를 어지럽힐 때,
백성을 건질 만한 어떤 방책을 내어놓았소?

그 수수께끼는 아무나 풀 수 있는 것이 아니라,
예언자가 감당할 일이었지요.
그런데 당신은 새 점을 칠 능력도,
신으로부터 계시 받을 능력도 없었소.   395

Οἰδίπους

ὦ πλοῦτε καὶ τυραννὶ καὶ τέχνη τέχνης   380

ὑπερφέρουσα τῷ πολυζήλῳ βίῳ,

ὅσος παρ᾽ ὑμῖν ὁ φθόνος φυλάσσεται,

εἰ τῆσδέ γ᾽ ἀρχῆς οὕνεχ᾽, ἣν ἐμοὶ πόλις

δωρητόν, οὐκ αἰτητόν, εἰσεχείρισεν,

ταύτης Κρέων ὁ πιστός, οὑξ ἀρχῆς φίλος,   385

λάθρᾳ μ᾽ ὑπελθὼν ἐκβαλεῖν ἱμείρεται,

ὑφεὶς μάγον τοιόνδε μηχανορράφον,

δόλιον ἀγύρτην, ὅστις ἐν τοῖς κέρδεσιν

μόνον δέδορκε, τὴν τέχνην δ᾽ ἔφυ τυφλός.

ἐπεί, φέρ᾽ εἰπέ, ποῦ σὺ μάντις εἶ σαφής;   390

πῶς οὐκ, ὅθ᾽ ἡ ῥαψῳδὸς ἐνθάδ᾽ ἦν κύων,

ηὔδας τι τοῖσδ᾽ ἀστοῖσιν ἐκλυτήριον;

καίτοι τό γ᾽ αἴνιγμ᾽ οὐχὶ τοὐπιόντος ἦν

ἀνδρὸς διειπεῖν, ἀλλὰ μαντείας ἔδει·

ἣν οὔτ᾽ ἀπ᾽ οἰωνῶν σὺ προυφάνης ἔχων   390

그때 영문도 모르던 이방인인 나, 오이디푸스가
나타나서 그 요괴를 물리쳤지.
새에게서 얻은 것이 아닌,
오직 나의 지혜로 그 수수께끼를 풀어냈지.

그런데 지금에 와서,
당신이 나를 쫓아내려 하는군.
크레온이 왕위를 차지하면,
한 자리 얻으려는 속셈이지.   400
나를 몰아내려 음모를 꾸미는 당신과 공범은
곧 후회하게 될 것이오.
당신을 장로 대접하지 않았다면,
당장 오만무도한 역모에
응당한 처벌을 내렸을 것이오.

코로스:
왕이시여, 두 분 다 하시는 말씀들이 홧김에
마구 내뱉는 것 같습니다.   405
화를 내어 해결될 일이 아니고 신의 뜻을
먼저 헤아려야 합니다.

οὔτ' ἐκ θεῶν του γνωτόν: ἀλλ' ἐγὼ μολών,

ὁ μηδὲν εἰδὼς Οἰδίπους, ἔπαυσά νιν,

γνώμῃ κυρήσας οὐδ' ἀπ', οἰωνῶν μαθών:

ὃν δὴ σὺ πειρᾷς ἐκβαλεῖν, δοκῶν θρόνοις

παραστατήσειν τοῖς Κρεοντείοις πέλας.   400

κλαίων δοκεῖς μοι καὶ σὺ χὠ συνθεὶς τάδε

ἀγηλατήσειν: εἰ δὲ μὴ 'δόκεις γέρων εἶναι,

παθὼν ἔγνως ἂν οἷά περ φρονεῖς.

Χορός

ἡμῖν μὲν εἰκάζουσι καὶ τὰ τοῦδ' ἔπη

ὀργῇ λελέχθαι καὶ τά σ', Οἰδίπους, δοκεῖ,   405

δεῖ δ' οὐ τοιούτων, ἀλλ' ὅπως τὰ τοῦ θεοῦ

μαντεῖ' ἄριστα λύσομεν, τόδε σκοπεῖν.

테이레시아스:

왕 앞이라 할지라도, 나 또한
자신을 변호할 권리가 있소이다.
나는 자유로운 주권적 존재라오.
당신의 노예가 아니라
아폴론 신의 사제이지요.   410
또한 크레온의 하수인도 아니라오.
눈멀었다고 조롱하시는데,
한 말씀드리지요.

왕께서는 눈을 뜨고 있으면서도
어떤 죄에 빠져 있는지,
누구와 함께, 어디서 살고 있는지도 모르십니다.   415
누가 당신의 부모인지 아십니까?
살아계신 분에게도, 돌아가신 분에게도,
혈육의 적은 바로 당신이라는 것을 모르십니다.

부모에게서 오는 아주 끔찍한 저주가
당신을 이 땅에서 몰아낼 것이고,
어둠이 당신의 눈을 덮을 것입니다.

Τειρεσίας

εἰ καὶ τυραννεῖς, ἐξισωτέον τὸ γοῦν

ἴσ' ἀντιλέξαι: τοῦδε γὰρ κἀγὼ κρατῶ.

οὐ γάρ τι σοὶ ζῶ δοῦλος, ἀλλὰ Λοξίᾳ: 410

ὥστ' οὐ Κρέοντος προστάτου γεγράψομαι.

λέγω δ', ἐπειδὴ καὶ τυφλόν μ' ὠνείδισας:

σὺ καὶ δέδορκας κοὐ βλέπεις ἵν' εἶ κακοῦ,

οὐδ' ἔνθα ναίεις, οὐδ' ὅτων οἰκεῖς μέτα.

ἆρ' οἶσθ' ἀφ' ὧν εἶ; καὶ λέληθας ἐχθρὸς ὢν   415

τοῖς σοῖσιν αὐτοῦ νέρθε κἀπὶ γῆς ἄνω,

καί σ' ἀμφιπλὴξ μητρός τε καὶ τοῦ σοῦ πατρὸς

ἐλᾷ ποτ' ἐκ γῆς τῆσδε δεινόπους ἀρά,

βλέποντα νῦν μὲν ὄρθ', ἔπειτα δὲ σκότον.

항해 끝에 찾은 피난처 아닌 피난처인   420

이 궁전에서 일어난

그 결혼의 비밀을 아시게 되면,

당신의 통곡이 들리지 않을 곳이 없을 것이요.

키타이론 산골짝마다

당신의 통곡이 울려 퍼질 겁니다.

왕께서 모르는 또 다른 비밀이 있으니,

당신 자신과 당신의 자녀들을 한 형제로 만든

엄청난 죄악이 바로 그것이지요.   425

저와 크레온 경을 마음껏 조롱하십시오!

그 누구도 당신보다 더 비참한 운명을

맞이할 자 없으니까.

오이디푸스:

이 따위 말을 듣고도 참아야 한단 말인가?

꺼져버려, 이 망할 것 같으니라고!   430

당장 물러가지 못할까!

테이레시아스:

안 불렀다면, 올 일도 없었죠.

βοῆς δὲ τῆς σῆς ποῖος οὐκ ἔσται λιμήν, 420

ποῖος Κιθαιρὼν οὐχὶ σύμφωνος τάχα,

ὅταν καταίσθῃ τὸν ὑμέναιον, ὃν δόμοις

ἄνορμον εἰσέπλευσας, εὐπλοίας τυχών;

ἄλλων δὲ πλῆθος οὐκ ἐπαισθάνει κακῶν,

ἅ σ᾽ ἐξισώσει σοί τε καὶ τοῖς σοῖς τέκνοις. 425

πρὸς ταῦτα καὶ Κρέοντα καὶ τοὐμὸν στόμα

προπηλάκιζε: σοῦ γὰρ οὐκ ἔστιν βροτῶν

κάκιον ὅστις ἐκτριβήσεταί ποτε.

Οἰδίπους

ἦ ταῦτα δῆτ᾽ ἀνεκτὰ πρὸς τούτου κλύειν;

οὐκ εἰς ὄλεθρον; οὐχὶ θᾶσσον; οὐ πάλιν 430

ἄψορρος οἴκων τῶνδ᾽ ἀποστραφεὶς ἄπει;

Τειρεσίας

οὐδ᾽ ἱκόμην ἔγωγ᾽ ἄν, εἰ σὺ μὴ 'κάλεις.

오이디푸스:

이 따위 헛소리나 지껄일 줄 몰랐지.

알았더라면 아예 부르지도 않았을 것이오.

테이레시아스:

왕의 눈에는 내가 바보 같아 보여도,   435

당신을 낳아준 부모에게는 현자였지요.

오이디푸스:

누구라고?

잠깐! 도대체 누가 나를 낳았다고?

테이레시아스:

오늘 왕께서는 출생의 비밀을 알게 되고

파멸을 맞을 것입니다.

오이디푸스:

수수께끼 같은 말만 늘어놓는구나.

Οἰδίπους

οὐ γάρ τί σ' ἤδη μῶρα φωνήσοντ', ἐπεὶ

σχολῇ σ' ἂν οἴκους τοὺς ἐμοὺς ἐστειλάμην.

Τειρεσίας

ἡμεῖς τοιοίδ' ἔφυμεν, ὡς μὲν σοὶ δοκεῖ,   435

μῶροι, γονεῦσι δ', οἵ σ' ἔφυσαν, ἔμφρονες.

Οἰδίπους

ποίοισι; μεῖνον, τίς δέ μ' ἐκφύει βροτῶν;

Τειρεσίας

ἥδ' ἡμέρα φύσει σε καὶ διαφθερεῖ.

Οἰδίπους

ὡς πάντ' ἄγαν αἰνικτὰ κἀσαφῆ λέγεις.

테이레시아스:

왕께서는 수수께끼를 푸는 것이

가장 큰 재주가 아닌지요?   440

오이디푸스:

나의 뛰어난 재주를 조롱하고 있군.

테이레시아스:

왕을 파멸시킨 것이 바로 그 재주라오.

오이디푸스:

그 재주로 이 나라를 구했으니, 됐지 않소?

테이레시아스:

이제, 물러가겠습니다. 애야, 가자꾸나.

오이디푸스:

그래, 얼른 데려가라.   445

당신은 있어 봤자 골치 덩어리야.

가 버리면 더 이상 골치 아플 일이 없겠지.

Τειρεσίας

οὔκουν σὺ ταῦτ’ ἄριστος εὑρίσκειν ἔφυς;　　　　440

Οἰδίπους

τοιαῦτ’ ὀνείδιζ’, οἷς ἔμ’ εὑρήσεις μέγαν.

Τειρεσίας

αὕτη γε μέντοι σ’ ἡ τύχη διώλεσεν.

Οἰδίπους

ἀλλ’ εἰ πόλιν τήνδ’ ἐξέσωσ’, οὔ μοι μέλει.

Τειρεσίας

ἄπειμι τοίνυν· καὶ σύ, παῖ, κόμιζέ με.

Οἰδίπους

κομιζέτω δῆθ’· ὡς παρὼν σύ γ’ ἐμποδὼν　　　　445
ὀχλεῖς, συθείς τ’ ἂν οὐκ ἂν ἀλγύνοις πλέον.

테이레시아스:

사실을 말하라고 불렀기에, 저를 해치진 못할 터이니,

왕의 면전에서 두려움 없이 말하겠습니다.

왕이시여, 당신이 위협적으로 저주를 퍼부으며,

라이오스 왕의 살인자 색출을 공언하고,　　　　　　　　450

오래 전부터 찾아오던 그 사람, 그가 바로 여기에 있습니다.

이곳에 이주해 온 이방인으로 여겨지지만,

실은 순수 테바이 혈통임이 드러날 것이오.

하지만 그것을 마냥 기쁘게만 여길 수 없으니

밝았던 눈은 어두워지고　　　　　　　　　　　　455

부자에서 거지로 전락하고,

지팡이로 길을 더듬어 찾으며, 이방으로 떠돌 운명이지요.

자신의 자녀들에게 아버지이자 형제요,

자기를 낳아준 여자의 아들이면서 남편이고,

자신이 죽인 그 아버지의 침실을 물려받은 자,

이 모든 일이 드러날 것입니다.　　　　　　　　460

안으로 들어가서, 잘 생각해보십시오.

그래도 제가 틀렸다 생각되시면, 예언의 재주가 없다 하십시오.

(테이레시아스, 오이디푸스 각자 퇴장)

Τειρεσίας

εἰπὼν ἄπειμ' ὧν οὕνεκ', ἦλθον, οὐ τὸ σὸν

δείσας πρόσωπον: οὐ γὰρ ἔσθ' ὅπου μ' ὀλεῖς.

λέγω δέ σοι: τὸν ἄνδρα τοῦτον, ὃν πάλαι

ζητεῖς ἀπειλῶν κἀνακηρύσσων φόνον   450

τὸν Λάϊειον, οὗτός ἐστιν ἐνθάδε,

ξένος λόγῳ μέτοικος, εἶτα δ' ἐγγενὴς

φανήσεται Θηβαῖος, οὐδ' ἡσθήσεται

τῇ ξυμφορᾷ: τυφλὸς γὰρ ἐκ δεδορκότος

καὶ πτωχὸς ἀντὶ πλουσίου ξένην ἔπι   455

σκήπτρῳ προδεικνὺς γαῖαν ἐμπορεύσεται.

φανήσεται δὲ παισὶ τοῖς αὑτοῦ ξυνὼν

ἀδελφὸς αὐτὸς καὶ πατήρ, κἀξ ἧς ἔφυ

γυναικὸς υἱὸς καὶ πόσις, καὶ τοῦ πατρὸς

ὁμόσπορός τε καὶ φονεύς. καὶ ταῦτ' ἰὼν   460

εἴσω λογίζου: κἂν λάβῃς ἐψευσμένον,

φάσκειν ἔμ' ἤδη μαντικῇ μηδὲν φρονεῖν.

코로스:

델포이 신전의 예언은,

피 묻은 손으로,

말로 다할 수 없는 끔찍한 살인을   465

저지른 자가 누구라고

말하는가?

이제 그는 질주하는 말보다

더 빠른 발로

달아나야 하리.

불과 번개로 무장한 아폴론이

그를 덮치고,   470

결코 피할 수 없는 저 무시무시한

복수의 여신이 그를 추격하리니.

방금 눈 덮인 파르나소스에서

들려오는 분명한 목소리가,

모든 테바이 사람들은   475

숨어 있는 살인자를 찾아내라 하네.

Χορός

τίς ὄντιν᾿ ἁ θεσπιέπεια

Δελφὶς εἶπε πέτρα

ἄρρητ᾿ ἀρρήτων τελέσαντα   465

φοινίαισι χερσίν;

ὥρα νιν ἀελλάδων

ἵππων σθεναρώτερον

φυγᾷ πόδα νωμᾶν.

ἔνοπλος γὰρ ἐπ᾿ αὐτὸν ἐπενθρῴσκει

πυρὶ καὶ στεροπαῖς ὁ Διὸς γενέτας,   470

δειναὶ δ᾿ ἅμ᾿ ἕπονται

κῆρες ἀναπλάκητοι

ἔλαμψε γὰρ τοῦ νιφόεντος

ἀρτίως φανεῖσα

φάμα Παρνασοῦ τὸν ἄδηλον   475

ἄνδρα πάντ᾿ ἰχνεύειν.

그는 마치,

거친 들소처럼 동굴로,

야생의 숲으로,

바윗길을 헤매이며,

델포이의 예언을 피해,

힘겹고 쓸쓸한 발걸음을

재촉하는도다.

480

그러나 그 영원불변한 예언은

언제나 그의 머리 위를 맴도는구나.

그 현명한 예언자는

두렵고 끔찍한 말로

나를 혼란스럽게 하건만,

485

그 예언을 인정할 수도,

부정할 수도 없으니,

나는 아무 말도 할 수 없고,

현재와 미래의 미궁에서

안절부절 갈피를 못 잡는도다.

φοιτᾷ γὰρ ὑπ᾽ ἀγρίαν

ὕλαν ἀνά τ᾽ ἄντρα καὶ

πέτρας ἰσόταυρος

μέλεος μελέῳ ποδὶ χηρεύων,

τὰ μεσόμφαλα γᾶς ἀπονοσφίζων   480

μαντεῖα· τὰ δ᾽ ἀεὶ

ζῶντα περιποτᾶται.

δεινὰ μὲν οὖν, δεινὰ ταράσσει

σοφὸς οἰωνοθέτας

οὔτε δοκοῦντ᾽ οὔτ᾽ ἀποφάσκονθ᾽·   485

ο τι λέξω δ᾽ ἀπορῶ.

πέτομαι δ᾽ ἐλπίσιν οὔτ᾽, ἐνθάδ᾽

ὁρῶν οὔτ᾽ ὀπίσω.

τί γὰρ ἢ Λαβδακίδαις

오늘날도 과거에도   490
라이오스 집안과
폴뤼보스 집안 간에
분쟁이 없었나니,
라이오스 집안의 감춰진 죽음을 추궁하며,
폴뤼보스의 아들인 오이디푸스의 명성에
흠집 낼 이유가 없도다.   495

실로 제우스 신과 아폴론 신은 현명하시어
세상의 모든 일을 아시지만,
예언자와 나, 둘 중
누가 더 옳은지,
인간들에게는   500
확신할 판단력이 없으니,
한 사람이 다른 이보다
더 지혜로울 수 있으나,
의심할 여지없이 옳다는 증거를 보기 전에는,
왕을 비난하는 자들에게
결코 동의하지 않으리라.   505

ἢ τῷ Πολύβου νεῖκος 490

ἔκειτ᾽, οὔτε πάροιθέν

ποτ᾽ ἔγωγ᾽

ἔμαθον, πρὸς ὅτου δὴ

βασανίζων βασάνῳ

ἐπὶ τὰν ἐπίδαμον 495

φάτιν εἶμ᾽ Οἰδιπόδα Λαβδακίδαις

ἐπίκουρος ἀδήλων θανάτων.

ἀλλ᾽ ὁ μὲν οὖν Ζεὺς ὅ τ᾽ Ἀπόλλων

ξυνετοὶ καὶ τὰ βροτῶν

εἰδότες· ἀνδρῶν δ᾽ ὅτι μάντι

πλέον ἢ 'γὼ φέρεται, 500

κρίσις οὐκ ἔστιν ἀλαθής·

σοφίᾳ δ᾽ ἂν σοφίαν

παραμείψειεν ἀνήρ.

ἀλλ᾽ οὔποτ᾽ ἔγωγ᾽ ἄν,

πρὶν ἴδοιμ᾽ ὀρθὸν ἔπος, 505

그 옛날 스핑크스가 그의 눈앞에 나타났을 때,
시험을 통해, 그가 지혜로우며, 또한
이 나라를 사랑하는 것을 우리 모두가 보았노라.
하니, 나는 왕을 비난할 마음이
전혀 없도다.   510

(크레온 등장)

크레온:
시민 여러분들이여, 왕께서 저를 비난하신다는
매우 험한 소문을 듣고 참다못해 이렇게 왔습니다.
만약 왕께서 오늘날 이 어려운 때에,
말이나 행동으로 내가 왕을 배반했다고 하신다면,
그런 중상모략을 받으며   515
더 이상 살고 싶지 않습니다.
그런 말은 나에게
상처를 안길 뿐만 아니라
더욱이, 나는 내 나라를 배신한 자,   520
또 나의 친구들과 시민 여러분을 배신한 자로
낙인찍힐 것입니다.

μεμφομένων ἂν καταφαίην.

φανερὰ γὰρ ἐπ᾽ αὐτῷ,

πτερόεσσ᾽ ἦλθε κόρα

ποτέ, καὶ σοφὸς ὤφθη

βασάνῳ θ᾽ ἁδύπολις τῷ ἀπ᾽ ἐμᾶς   510

φρενὸς οὔποτ᾽ ὀφλήσει κακίαν.

Κρέων

ἄνδρες πολῖται, δείν᾽ ἔπη πεπυσμένος

κατηγορεῖν μου τὸν τύραννον Οἰδίπουν,

πάρειμ᾽ ἀτλητῶν. εἰ γὰρ ἐν ταῖς ξυμφοραῖς   515

ταῖς νῦν νομίζει πρός γ᾽ ἐμοῦ πεπονθέναι

λόγοισιν εἴτ᾽ ἔργοισιν εἰς βλάβην φέρον,

οὔτοι βίου μοι τοῦ μακραίωνος πόθος,

φέροντι τήνδε βάξιν. οὐ γὰρ εἰς ἁπλοῦν

ἡ ζημία μοι τοῦ λόγου τούτου φέρει,   520

ἀλλ᾽ ἐς μέγιστον, εἰ κακὸς μὲν ἐν πόλει,

κακὸς δὲ πρός σοῦ καὶ φίλων κεκλήσομαι.

코로스:

왕께서 홧김에 하신 말씀이지,

진심은 아니었을 것입니다.

크레온:

하지만 왕은, 그 예언자가 나와 작당을 해서

거짓말을 했다고 하셨지요?

코로스:

네, 그러셨지요.

그러나 왜 그러셨는지는 모르겠습니다.

크레온:

제정신으로, 정상적인 눈빛으로,

나를 그렇게 비난하였소?

코로스:

모르겠습니다. 높은 분들께서 하시는 일을   530

알 재주가 없습니다.

마침 왕께서 나오시는군요.

Χορός

ἀλλ᾽ ἦλθε μὲν δὴ τοῦτο τοὔνειδος τάχ᾽ ἂν

ὀργῇ βιασθὲν μᾶλλον ἢ γνώμῃ φρενῶν.

Κρέων

τοὔπος δ᾽ ἐφάνθη, ταῖς ἐμαῖς γνώμαις ὅτι   525

πεισθεὶς ὁ μάντις τοὺς λόγους ψευδεῖς λέγοι;

Χορός

ηὐδᾶτο μὲν τάδ᾽, οἶδα δ᾽ οὐ γνώμῃ τίνι.

Κρέων

ἐξ ὀμμάτων δ᾽ ὀρθῶν τε κἀξ ὀρθῆς φρενὸς

κατηγορεῖτο τοὐπίκλημα τοῦτό μου;

Χορός

οὐκ οἶδ᾽· ἃ γὰρ δρῶσ᾽, οἱ κρατοῦντες οὐχ ὁρῶ.   530

αὐτὸς δ᾽ ὅδ᾽ ἤδη δωμάτων ἔξω περᾷ.

(오이디푸스 등장)

오이디푸스:

감히 자네가 어떻게 여길 왔지?

라이오스 왕을 죽인 것이 명백하고,

또 공공연히 내 왕관을 노리면서,

감히 내 집에 오다니,

참으로 철면피로군.   535

도대체 나를 뭘로 보고, 이 따위 수작을 부렸나.

겁쟁이나 멍청이로 보이는가?

내 뒤통수를 치려는 간교한 계획을 눈치도 못 채고,

설사 알더라도, 내가 대항하지 못할 거라 생각했나?

자네가 공모자나 지지자도 없이

왕권 찬탈을 시도할 만큼 어리석진 않겠지?   540

뒤를 봐주는 세력이나 지원금이 있어야

왕위를 차지할 수 있는 법이거든.

크레온:

어떻게 그런 말씀을 하십니까?

제 답변을 들으시고 판단해주십시오.

Οἰδίπους

οὗτος σύ, πῶς δεῦρ᾽ ἦλθες; ἦ τοσόνδ᾽ ἔχεις

τόλμης πρόσωπον ὥστε τὰς ἐμὰς στέγας

ἵκου, φονεὺς ὢν τοῦδε τἀνδρὸς ἐμφανῶς

λῃστής τ᾽ ἐναργὴς τῆς ἐμῆς τυραννίδος;   535

φέρ᾽ εἰπὲ πρὸς θεῶν, δειλίαν ἢ μωρίαν ἰδών

τιν᾽ ἔν μοι ταῦτ᾽ ἐβουλεύσω ποεῖν;

ἢ τοὔργον ὡς οὐ γνωριοῖμί σου τόδε

δόλῳ προσέρπον ἢ οὐκ ἀλεξοίμην μαθών;

ἆρ᾽ οὐχὶ μῶρόν ἐστι τοὐγχείρημά σου,   540

ἄνευ τε πλήθους καὶ φίλων τυραννίδα

θηρᾶν, ὃ πλήθει χρήμασίν θ᾽ ἁλίσκεται;

Κρέων

οἶσθ᾽ ὡς πόησον; ἀντὶ τῶν εἰρημένων

ἴσ᾽ ἀντάκουσον, κᾆτα κρῖν᾽ αὐτὸς μαθών.

오이디푸스:

아무리 그럴 듯하게 교묘히 말해도,

나는 신중하게 듣고, 찬찬히 판단할 것이네.　　　　　545

왜냐면, 자네가 위험한 인물이고

또한 나의 적이니까.

크레온:

먼저 그 점에 대한 설명을 들어보십시오.

오이디푸스:

적어도 아니라고는 하지 않겠지.

크레온:

분별없는 완고함을 미덕이라 여기신다면

왕은 잘못 생각하시는 것입니다.　　　　　　550

오이디푸스:

친척에게 악행을 저지른 자가,

처벌을 면하리라 여긴다면,

자네도 잘못 생각하는 것이지.

Οἰδίπους

λέγειν σὺ δεινός, μανθάνειν δ᾽ ἐγὼ κακὸς   545

σοῦ: δυσμενῆ γὰρ καὶ βαρύν σ᾽ ηὕρηκ᾽ ἐμοί.

Κρέων

τοῦτ᾽ αὐτὸ νῦν μου πρῶτ᾽ ἄκουσον ὡς ἐρῶ.

Οἰδίπους

τοῦτ᾽ αὐτὸ μή μοι φράζ᾽, ὅπως οὐκ εἶ κακός.

Κρέων

εἴ τοι νομίζεις κτῆμα τὴν αὐθαδίαν

εἶναί τι τοῦ νοῦ χωρίς, οὐκ ὀρθῶς φρονεῖς.   550

Οἰδίπους

εἴ τοι νομίζεις ἄνδρα συγγενῆ κακῶς

δρῶν οὐχ ὑφέξειν τὴν δίκην, οὐκ εὖ φρονεῖς.

크레온:

옳으신 말씀이라 동감합니다만.

도대체, 제가 무슨 악행을 저질렀다는 겁니까?

오이디푸스:

자네가 나를 설득해서,

그 예언자를 불러오게 하지 않았나, 안 그런가?　　　555

크레온:

그랬습니다.

지금도 그 생각에는 변함이 없습니다.

오이디푸스:

언제쯤에 라이오스 왕께서…

크레온:

라이오스 왕의 어떤 일을 말씀하시는지?

오이디푸스:

끔찍한 공격으로 살해되셨는가 말일세.　　　560

Κρέων

ξύμφημί σοι ταῦτ᾽ ἔνδικ᾽ εἰρῆσθαι: τὸ δὲ
πάθημ᾽ ὁποῖον φὴς παθεῖν, δίδασκέ με.

Οἰδίπους

ἔπειθες ἢ οὐκ ἔπειθες, ὡς χρείη μ᾽ ἐπὶ   555
τὸν σεμνόμαντιν ἄνδρα πέμψασθαί τινα;

Κρέων

καὶ νῦν ἔθ᾽ αὑτός εἰμι τῷ βουλεύματι.

Οἰδίπους

πόσον τιν᾽ ἤδη δῆθ᾽ ὁ Λάϊος χρόνον

Κρέων

δέδρακε ποῖον ἔργον; οὐ γὰρ ἐννοῶ.

Οἰδίπους

ἄφαντος ἔρρει θανασίμῳ χειρώματι;   560

크레온:

아주 오래 된 과거의 일입니다.

오이디푸스:

테이레시아스가 그때도 예언자였나?

크레온:

그때도 오늘날만큼 높이 칭송 받는 예언자였습니다.

오이디푸스:

그 당시에 나에 관해서 말한 게 있는가?

크레온:

적어도 제가 알기론, 말한 적 없습니다.   565

오이디푸스:

살인자를 찾아보지 않았나?

크레온:

당연히 찾아보았지만, 아무것도 알아낼 수 없었습니다.

Κρέων

μακροὶ παλαιοί τ᾽ ἂν μετρηθεῖεν χρόνοι.

Οἰδίπους

τότ᾽ οὖν ὁ μάντις οὗτος ἦν ἐν τῇ τέχνῃ;

Κρέων

σοφός γ᾽ ὁμοίως κἀξ ἴσου τιμώμενος.

Οἰδίπους

ἐμνήσατ᾽ οὖν ἐμοῦ τι τῷ τότ᾽ ἐν χρόνῳ;

Κρέων

οὔκουν ἐμοῦ γ᾽ ἑστῶτος οὐδαμοῦ πέλας. 565

Οἰδίπους

ἀλλ᾽ οὐκ ἔρευναν τοῦ κτανόντος ἔσχετε;

Κρέων

παρέσχομεν, πῶς δ᾽ οὐχί; κοὐκ ἠκούσαμεν.

오이디푸스:

왜 그때, 그 현명하신 우리의 예언자께서

이런 일을 말하지 않으셨을까?

크레온:

모르겠습니다.

저는 알지 못하는 일에 대해 말하지 않는답니다.

오이디푸스:

그 정도는 알고 있지 않나?

자네가 정말 현명하다면 그 정도는 털어놓아야지.   570

크레온:

무슨 말씀이십니까? 제가 아는 게 있으면,

숨길 필요가 없지요.

오이디푸스:

테이레시아스가 자네와 일을 꾸미지 않았다면,

내가 라이오스 왕을 죽였다는

헛소리는 못했을 것이네.

Οἰδίπους

πῶς οὖν τόθ᾽ οὗτος ὁ σοφὸς οὐκ ηὔδα τάδε;

Κρέων

οὐκ οἶδ᾽· ἐφ᾽ οἷς γὰρ μὴ φρονῶ σιγᾶν φιλῶ.

Οἰδίπους

τοσόνδε γ᾽ οἶσθα καὶ λέγοις ἂν εὖ φρονῶν.   570

Κρέων

ποῖον τόδ᾽; εἰ γὰρ οἶδά γ᾽, οὐκ ἀρνήσομαι.

Οἰδίπους

ὁθούνεκ᾽, εἰ μὴ σοὶ ξυνῆλθε, τάσδ᾽ ἐμὰς
οὐκ ἄν ποτ᾽ εἶπε Λαΐου διαφθοράς.

크레온:

그가 정말 그런 말을 했는지는 왕께서 더 잘 아실 것이고,

왕께서 제 답변을 들었으니, 이제 공평하게   575

제가 왕께 질문 드리고자 합니다.

오이디푸스:

그리하게나. 내가 살인자로 몰릴 일은 없을 테니.

크레온:

명백히, 왕께서는 제 누이와 혼인하셨죠?

오이디푸스:

부인할 수 없는 명백한 사실이지.

크레온:

왕께서 이 나라를 다스리시는데,

왕비께서도 동등한 권력을 가지고 계시죠?

오이디푸스:

그녀가 원하는 것은 무엇이든지 가질 수 있지.   580

Κρέων

εἰ μὲν λέγει τάδ', αὐτὸς οἶσθ': ἐγὼ δὲ σοῦ

μαθεῖν δικαιῶ ταῦθ' ἅπερ κἀμοῦ σὺ νῦν.   575

Οἰδίπους

ἐκμάνθαν': οὐ γὰρ δὴ φονεὺς ἁλώσομαι.

Κρέων

τί δῆτ'; ἀδελφὴν τὴν ἐμὴν γήμας ἔχεις;

Οἰδίπους

ἄρνησις οὐκ ἔνεστιν ὧν ἀνιστορεῖς.

Κρέων

ἄρχεις δ' ἐκείνῃ ταὐτὰ γῆς ἴσον νέμων;

Οἰδίπους

ἂν ᾗ θέλουσα πάντ' ἐμοῦ κομίζεται.   580

크레온:

그러면 저도, 두 분과 같은 대접을 받는
제삼서열이지 않습니까?

오이디푸스:

그렇지, 바로 그것 때문에 자네는
믿을 만한 친구가 못 된다는 것이네.

크레온:

저처럼 달리 생각해보신다면, 그렇지 않습니다.
왕이시여, 잘 생각해보십시오.
같은 권력을 누린다면, 두려움에 떨면서 하기보다   585
편한 마음으로 통치하고 싶지 않겠습니까?
적어도 저는, 왕들이 누리는 것을 누리고 싶을 뿐,
왕이 되고 싶다는 생각은 추호도 없답니다.
지혜로운 사람이라면, 누구나 그럴 것입니다.
현재 저는 다 가진 셈이죠.
아무 두려움 없이 말입니다.
만약 제가 지금 왕이라면,   590
하고 싶지 않은 일도 힘들게 억지로 해야만 하겠죠.

Κρέων

οὔκουν ἰσοῦμαι σφῷν ἐγὼ δυοῖν τρίτος;

Οἰδίπους

ἐνταῦθα γὰρ δὴ καὶ κακὸς φαίνει φίλος.

Κρέων

οὔκ, εἰ διδοίης γ᾽ ὡς ἐγὼ σαυτῷ λόγον.

σκέψαι δὲ τοῦτο πρῶτον, εἴ τιν᾽ ἂν δοκεῖς

ἄρχειν ἑλέσθαι ξὺν φόβοισι μᾶλλον ἢ   585

ἄτρεστον εὕδοντ᾽, εἰ τά γ᾽ αὔθ᾽ ἕξει κράτη.

ἐγὼ μὲν οὖν οὔτ᾽ αὐτὸς ἱμείρων ἔφυν

τύραννος εἶναι μᾶλλον ἢ τύραννα δρᾶν,

οὔτ᾽ ἄλλος ὅστις σωφρονεῖν ἐπίσταται.

νῦν μὲν γὰρ ἐκ σοῦ πάντ᾽ ἄνευ φόβου φέρω,   590

εἰ δ᾽ αὐτὸς ἦρχον, πολλὰ κἂν ἄκων ἔδρων.

- 117 -

그러니, 제가 편히 누릴 수 있는 통치 권력보다
왕권을 더 좋아할 리가 있겠습니까?
아직까지는 이익이 되는 좋은 것을 두고
다른 어떤 것을 추구할 정도로
멍청하지는 않습니다.   595

모든 사람들이 저에게 인사하고, 저도 반가이 맞지요.
왕에게 부탁할 일이 있는 사람들은 저를 불러내지요.
그 일의 성공 여부가 이 손에 달려 있단 말입니다.
그런데 왜 왕위를 얻기 위해
이 모든 것을 내버려야 합니까?   600
정신이 나가지 않는 한 그런 엉뚱한 짓을 할 리 없죠.
저는 천성적으로, 그런 반역 기질도 없고,
타인의 음모에 가담하기도 싫답니다.
내 말을 시험해보셔도 좋습니다. 델포이 신탁에 가서서
그 신탁이, 왕께 아뢴 그대로인지
조사해보십시오. 그 후에,   605
그 예언자와 공모를 했다는 사실이 드러나면,
저를 잡아 죽이십시오. 그것은 왕의 판결일 뿐만 아니라,
제 자신의 판결도 역시 그러할 테니까요.

πῶς δῆτ' ἐμοὶ τυραννὶς ἡδίων ἔχειν

ἀρχῆς ἀλύπου καὶ δυναστείας ἔφυ;

οὔπω τοσοῦτον ἠπατημένος κυρῶ

ὥστ' ἄλλα χρῄζειν ἢ τὰ σὺν κέρδει καλά.   595

νῦν πᾶσι χαίρω, νῦν με πᾶς ἀσπάζεται,

νῦν οἱ σέθεν χρῄζοντες ἐκκαλοῦσί με:

τὸ γὰρ τυχεῖν αὐτοῖσι πᾶν ἐνταῦθ' ἔνι.

πῶς δῆτ' ἐγὼ κεῖν' ἂν λάβοιμ' ἀφεὶς τάδε;

οὐκ ἂν γένοιτο νοῦς κακὸς καλῶς φρονῶν.   600

ἀλλ' οὔτ' ἐραστὴς τῆσδε τῆς γνώμης ἔφυν

οὔτ' ἂν μετ' ἄλλου δρῶντος ἂν τλαίην ποτέ.

καὶ τῶνδ' ἔλεγχον τοῦτο μὲν Πυθώδ' ἰὼν

πεύθου τὰ χρησθέντ' εἰ σαφῶς ἤγγειλά σοι:

τοῦτ' ἄλλ', ἐάν με τῷ τερασκόπῳ λάβῃς   605

κοινῇ τι βουλεύσαντα, μή μ' ἁπλῇ κτάνῃς

ψήφῳ, διπλῇ δέ, τῇ τ' ἐμῇ καὶ σῇ, λαβών:

그러나 아무 증거도 없이, 어림짐작으로

죄를 뒤집어씌우지 마십시오.

부당하게 악인을 선인으로, 선인을 악인으로

몰아가는 것은 정의롭지 못한 처사입니다.   610

그리고 정직한 친구를 내버리는 것은

자신의 목숨을 내버리는 꼴이지요.

시간이 지나면, 모든 것이 분명하게 드러날 것입니다.

시간만이 정직한 사람을 알아보게 할 것입니다.

그러나 악인은 금방 하루 만에 드러나게 마련이죠.   615

코로스:

실수를 피하고 싶은 자에게는 크레온 경의 충언이 합당합니다.

왕이시여, 속단은 금물인 법이지요.

오이디푸스:

크레온이 음모를 잽싸게 꾸미니,

나도 대비책을 얼른 세워야겠군.

우물쭈물 지체하다가는,   620

그는 성공할 것이고, 나는 망할 것이다.

γνώμῃ δ' ἀδήλῳ μή με χωρὶς αἰτιῶ.

οὐ γὰρ δίκαιον οὔτε τοὺς κακοὺς μάτην

χρηστοὺς νομίζειν οὔτε τοὺς χρηστοὺς κακούς. 610

φίλον γὰρ ἐσθλὸν ἐκβαλεῖν ἴσον λέγω

καὶ τὸν παρ' αὐτῷ βίοτον, ὃν πλεῖστον, φιλεῖ.

ἀλλ' ἐν χρόνῳ γνώσει τάδ' ἀσφαλῶς, ἐπεὶ

χρόνος δίκαιον ἄνδρα δείκνυσιν μόνος·

κακὸν δὲ κἂν ἐν ἡμέρᾳ γνοίης μιᾷ. 615

Χορός

καλῶς ἔλεξεν εὐλαβουμένῳ πεσεῖν,

ἄναξ· φρονεῖν γὰρ οἱ ταχεῖς οὐκ ἀσφαλεῖς.

Οἰδίπους

ὅταν ταχύς τις οὑπιβουλεύων λάθρα

χωρῇ, ταχὺν δεῖ κἀμὲ βουλεύειν πάλιν·

εἰ δ' ἡσυχάζων προσμενῶ, τὰ τοῦδε μὲν 620

πεπραγμέν' ἔσται, τἀμὰ δ' ἡμαρτημένα.

크레온:

그럼 어떻게 하신다는 겁니까?

저를 추방한다는 겁니까?

오이디푸스:

그럴 순 없지. 죽여야지. 추방 정도가 아니라,

왕위를 탐하는 결과가 어떠한지 알게 해주지.

크레온:

양보도 신뢰도 하지 않겠다는 말씀이시군요.   625

오이디푸스:

어림 반 푼어치도 없지.

크레온:

아무래도 왕께서 분별력을 잃으신 것 같습니다.

오이디푸스:

내 것을 지킬 정도의 분별력은 있지.

Κρέων

τί δῆτα χρῄζεις; ἦ με γῆς ἔξω βαλεῖν;

Οἰδίπους

ἥκιστα: θνῄσκειν, οὐ φυγεῖν σε βούλομαι.
ὡς ἂν προδείξῃς οἷόν ἐστι τὸ φθονεῖν.

Κρέων

ὡς οὐχ ὑπείξων οὐδὲ πιστεύσων λέγεις;   625

Οἰδίπους

*

Κρέων

οὐ γὰρ φρονοῦντά σ᾽ εὖ βλέπω.

Οἰδίπους

τὸ γοῦν ἐμόν.

크레온:

제 것에 대해서도

똑같이 그러셔야 하지요.

오이디푸스:

자네 같은 악인을?

크레온:

왕께서 분별력을 잃으셨다면?

오이디푸스:

그래도 아직 이 나라의 통치자는 나야.

크레온:

그러나 분별없이

잘못된 통치를 하시면 안 되죠.

오이디푸스:

오, 테바이, 테바이여!

Κρέων

ἀλλ᾽ ἐξ ἴσου δεῖ κἀμόν.

Οἰδίπους

ἀλλ᾽ ἔφυς κακός.

Κρέων

εἰ δὲ ξυνίης μηδέν;

Οἰδίπους

ἀρκτέον γ᾽ ὅμως.

Κρέων

οὔτοι κακῶς γ᾽ ἄρχοντος.

Οἰδίπους

ὦ πόλις πόλις.

크레온:

이 나라에서, 저의 권리도 있답니다.   630

왕 혼자만의 나라가 아니지요.

코로스:

그만 하십시오, 제발!

때마침 이오카스테 왕비께서 오시니,

저 분의 도움으로 이 분쟁이 끝나겠군요.

(이오카스테 등장)

이오카스테:

참 딱하십니다! 왜 이리 어리석은

말다툼을 일으키십니까?

나라가 이렇게 어려운 때   635

자신들의 사사로운 일로 시끄럽게 하니,

부끄럽지 않습니까?

왕께서는 안으로 드시고,

크레온 경도 집으로 가십시오.

별 것도 아닌 일을 크게 벌이지 마세요.

Κρέων

κἀμοὶ πόλεως μέτεστιν, οὐχί σοι μόνῳ.

630

Χορός

παύσασθ᾿, ἄνακτες· καιρίαν δ᾿ ὑμῖν ὁρῶ

τήνδ᾿ ἐκ δόμων στείχουσαν Ἰοκάστην, μεθ᾿ ἧς

τὸ νῦν παρεστὸς νεῖκος εὖ θέσθαι χρεών.

Ἰοκάστη

τί τὴν ἄβουλον, ὦ ταλαίπωροι, στάσιν

γλώσσης ἐπήρασθ᾿ οὐδ᾿ ἐπαισχύνεσθε γῆς   635

οὕτω νοσούσης ἴδια κινοῦντες κακά;

οὐκ εἶ σύ τ᾿ οἴκους σύ τε, Κρέων, κατὰ στέγας,

καὶ μὴ τὸ μηδὲν ἄλγος εἰς μέγ᾿ οἴσετε;

크레온:

누이, 그대의 남편 오이디푸스는
끔찍한 일을 저지르려 하오.
나를 이 나라에서 추방하거나 잡아서 죽이는 것,
이 둘 중 하나를 강행하겠답니다.

640

오이디푸스:

그렇소, 왕비. 그가 사악한 속임수로
역모를 꾸미다 내게 붙잡혔지요.

크레온:

말씀하신 혐의 중 하나라도 사실이면,
저는 저주 받아 죽어 마땅하리라!

이오카스테:

왕이시여, 이번 일은,
제발 그를 믿어주세요.
신께 맹세하는 것을 봐서라도,
저를 위해서라도,
또 여기 있는 사람들을 봐서라도 말입니다.

Κρέων

ὅμαιμε, δεινά μ᾽ Οἰδίπους ὁ σὸς πόσις

δρᾶσαι δικαιοῖ δυοῖν ἀποκρίνας κακοῖν   640

ἢ γῆς ἀπῶσαι πατρίδος ἢ κτεῖναι λαβών.

Οἰδίπους

ξύμφημι· δρῶντα γάρ νιν, ὦ γύναι, κακῶς

εἴληφα τοὐμὸν σῶμα σὺν τέχνῃ κακῇ.

Κρέων

μή νυν ὀναίμην, ἀλλ᾽ ἀραῖος, εἴ σέ τι

δέδρακ᾽, ὀλοίμην, ὧν ἐπαιτιᾷ με δρᾶν.   645

Ἰοκάστη

ὦ πρὸς θεῶν πίστευσον, Οἰδίπους, τάδε,

μάλιστα μὲν τόνδ᾽ ὅρκον αἰδεσθεὶς θεῶν,

ἔπειτα κἀμὲ τούσδε θ᾽ οἳ πάρεισί σοι.

코로스:

부디 현명하게, 흔쾌히 들어주소서!　　　　　　　　650

왕이시여, 제발 부탁드립니다.

오이디푸스:

내가 도대체 어떻게 하기를 원하오?

코로스:

크레온 경은 경솔한 행동을 한 적도 없고,

맹세를 지키는 충직한 사람이니,

존중함이 마땅합니다.

오이디푸스:

그대가 무엇을 구하고 있는지 아시오?

코로스:

물론입니다.

오이디푸스:

그렇다면 말해보시오.　　　　　　　　655

Χορός

πιθοῦ θελήσας φρονήσας

τ᾽, ἄναξ, λίσσομαι.   650

Οἰδίπους

τί σοι θέλεις δῆτ᾽ εἰκάθω;

Χορός

τὸν οὔτε πρὶν νήπιον νῦν τ᾽ ἐν ὅρκῳ μέγαν καταίδεσαι.

Οἰδίπους

οἶσθ᾽ οὖν ἃ χρῄζεις;

Χορός

οἶδα.

Οἰδίπους

φράζε δὴ τί φής.   655

코로스:

불확실한 추측으로,

불운을 덮어쓴 친구를

정죄하는 것은 수치스런 짓이랍니다.

오이디푸스:

그것은 실로 나의 죽음이나 추방을

요청하는 셈이라는 것을 아시오?

코로스:

신들의 왕, 태양신 아폴론께 맹세코 아닙니다!

제가 조금이라도 그런 생각이 있다면,   660

친구도 없이, 신의 가호도 없이 죽겠나이다.

쇠락해 가는 이 땅은

암울한 내 영혼을 시들게 하고,

여기에 설상가상으로,

이 두 분의 다툼이

앞선 불행에 새로운 불행을 더하는도다.   665

Χορός

τὸν ἐναγῆ φίλον μήποτ' ἐν αἰτίᾳ

σὺν ἀφανεῖ λόγῳ σ' ἄτιμον βαλεῖν.

Οἰδίπους

εὖ νυν ἐπίστω, ταῦθ' ὅταν ζητῇς,

ἐμοὶ ζητῶν ὄλεθρον ἢ φυγὴν ἐκ τῆσδε γῆς.

Χορός

οὐ τὸν πάντων θεῶν θεὸν πρόμον

Ἅλιον· ἐπεὶ ἄθεος ἄφιλος ὅ τι πύματον   660

ὀλοίμαν, φρόνησιν εἰ τάνδ' ἔχω.

ἀλλά μοι δυσμόρῳ γᾶ φθινὰς   665

τρύχει ψυχάν, τάδ' εἰ κακοῖς κακὰ

προσάψει τοῖς πάλαι τὰ πρὸς σφῶν.

오이디푸스:

정 그러면, 그를 가게 하시오. 이 일로 내가 죽든지
불명예스럽게 추방당해야 할지도 모르지만.
그를 위한 당신의 부탁을 동정한 것이지,
크레온을 동정한 것은 아니요.   670
그가 어디 있든, 나는 그를 증오할 것이오.

크레온:

분노하시면 극단적으로 되시니,
양보를 하시는데도 정말 섬뜩하네요.
그런 성격은 스스로도 감당하기 힘든 법이죠.   675

오이디푸스:

제발 조용히 가주오.

크레온:

예, 가지요. 왕께서는 분별력이 없지만,
이 사람들은 제가 정직하다는 것을 알지요.

(크레온 퇴장)

Οἰδίπους

ὁ δ᾽ οὖν ἴτω, κεἰ χρή με παντελῶς θανεῖν

ἢ γῆς ἄτιμον τῆσδ᾽ ἀπωσθῆναι βίᾳ.   670

τὸ γὰρ σόν, οὐ τὸ τοῦδ᾽, ἐποικτίρω στόμα

ἐλεινόν· οὗτος δ᾽ ἔνθ᾽ ἂν ᾖ στυγήσεται.

Κρέων

στυγνὸς μὲν εἴκων δῆλος εἶ, βαρὺς δ᾽, ὅταν

θυμοῦ περάσῃς· αἱ δὲ τοιαῦται φύσεις

αὐταῖς δικαίως εἰσὶν ἄλγισται φέρειν.   675

Οἰδίπους

οὔκουν μ᾽ ἐάσεις κἀκτὸς εἶ;

Κρέων

πορεύσομαι,

σοῦ μὲν τυχὼν ἀγνῶτος, ἐν δὲ τοῖσδ᾽ ἴσος.

코로스:

왕을 안으로 모시지요, 왕비님?

이오카스테:

그러죠. 그런데 도대체 무슨 일이 있었죠?   680

코로스:

일종의 모호한 의심이 제기되었고,

또 그 부당함에 대한 반박이 있었습니다.

이오카스테:

양자 간에 말이죠?

코로스:

네, 왕비님.

이오카스테:

무슨 이야기였나요?

Χορός

γύναι, τί μέλλεις κομίζειν δόμων τόνδ᾽ ἔσω;

Ἰοκάστη

μαθοῦσά γ᾽ ἥτις ἡ τύχη.   680

Χορός

δόκησις ἀγνὼς λόγων ἦλθε, δάπτει δὲ καὶ τὸ μὴ
'νδικον.

Ἰοκάστη

ἀμφοῖν ἀπ᾽ αὐτοῖν;

Χορός

ναίχι.

Ἰοκάστη

καὶ τίς ἦν λόγος;

코로스:

제 생각에는, 고통 속에 침몰하는 이 나라를 위해,   685

더 이상 들춰내지 않는 것이 좋을 듯합니다.

오이디푸스:

그대가 비록 선한 의도로 그리했지만,

내 분노를 누그러뜨리고

마음을 달랜 결과가 무언지 아시오?

코로스:

왕이시여, 전에도 누차 말씀드렸던바,   690

재앙으로 표류하던 이 나라,

제가 사랑하는 이 나라를 바로잡으시고,

작금에도 훌륭한 지도자로 입증될

그러한 왕을 멀리한다면,   695

저는 정신 나간 자가 틀림없을 것입니다.

이오카스테:

왕이시여, 무슨 일로 그렇게 화가 나셨는지

부디 말씀해주세요.

Χορός

ἅλις ἔμοιγ᾽, ἅλις, γᾶς προπονουμένας,   685

φαίνεται ἔνθ᾽ ἔληξεν αὐτοῦ μένειν.

Οἰδίπους

ὁρᾷς ἵν᾽ ἥκεις, ἀγαθὸς ὢν γνώμην ἀνήρ,

τοὐμὸν παριεὶς καὶ καταμβλύνων κέαρ;

Χορός

ὦναξ, εἶπον μὲν οὐχ ἅπαξ μόνον,   690

ἴσθι δὲ παραφρόνιμον, ἄπορον ἐπὶ φρόνιμα

πεφάνθαι μ᾽ ἄν, εἴ σ᾽ ἐνοσφιζόμαν,

ὅς τ᾽ ἐμὰν γᾶν φίλαν ἐν πόνοις

ἀλύουσαν κατ᾽ ὀρθὸν οὔρισας,   695

τανῦν τ᾽ εὔπομπος, ἂν γένοιο.

Ἰοκάστη

πρὸς θεῶν δίδαξον κἄμ᾽, ἄναξ, ὅτου ποτὲ

μῆνιν τοσήνδε πράγματος στήσας ἔχεις.

오이디푸스:

말해주겠소.   700

내가 이들보다 당신을 더 존중하니까.

문제는 크레온이 내게 음모를 꾸몄다는 것이오.

이오카스테:

언쟁의 원인에 관하여 명확하게 말씀해주세요.

오이디푸스:

크레온이, 내가 라이오스 왕을 죽였다고

주장한단 말이오.

이오카스테:

자기가 제대로 알고 하는 말인가요.

아니면 남의 말을 듣고 하는 겁니까?

오이디푸스:

저 무뢰한 같은 예언자를 내게 보내놓고,   705

자신은 무관한 척,

입을 싹 닦고 있단 말이오.

Οἰδίπους

ἐρῶ: σὲ γὰρ τῶνδ' ἐς πλέον, γύναι, σέβω:

Κρέοντος, οἷά μοι βεβουλευκὼς ἔχει.

Ἰοκάστη

λέγ', εἰ σαφῶς τὸ νεῖκος ἐγκαλῶν ἐρεῖς.

Οἰδίπους

φονέα με φησὶ Λαΐου καθεστάναι.

Ἰοκάστη

αὐτὸς ξυνειδὼς ἢ μαθὼν ἄλλου πάρα;

Οἰδίπους

μάντιν μὲν οὖν κακοῦργον εἰσπέμψας, ἐπεὶ   705

τό γ' εἰς ἑαυτὸν πᾶν ἐλευθεροῖ στόμα.

이오카스테:

그 문제라면 염려 마세요.

제 말을 들어보시면,

한갓 인간에게는 예언력이 없다는 것을

아시게 될 것이니까요.

그에 대한 간단한 증거를 보여드리겠습니다.   710

옛날에 라이오스 왕께 내린 신탁이 있었습니다.

아폴론 신께서 직접 하신 것이 아니라,

제 생각은, 그의 사제들에게서 온 것이었죠.

그 신탁에 의하면,

라이오스 왕과 저의 사이에서 태어난 아들의 손에,

그분께서 죽임을 당할 운명이라는 것이었습니다.

하지만, 들리는 소문에 의하면,

라이오스 왕은   715

삼거리에서 이방 강도들에 의해 살해 당하셨고,

그 아들로 말하자면—

태어난 지 삼 일도 되기 전에

라이오스 왕께서 그 애의 양 발목을 묶고,

사람들을 시켜 깊은 산속에 버리게 하셨습니다.   720

Ἰοκάστη

σύ νυν ἀφεὶς σεαυτὸν ὧν λέγεις πέρι

ἐμοῦ 'πάκουσον, καὶ μάθ' οὕνεκ' ἐστί σοι

βρότειον οὐδὲν μαντικῆς ἔχον τέχνης.

φανῶ δέ σοι σημεῖα τῶνδε σύντομα.　　　　710

χρησμὸς γὰρ ἦλθε Λαΐῳ ποτ', οὐκ ἐρῶ

Φοίβου γ' ἄπ' αὐτοῦ, τῶν δ' ὑπηρετῶν ἄπο,

ὡς αὐτὸν ἕξοι μοῖρα πρὸς παιδὸς θανεῖν,

ὅστις γένοιτ' ἐμοῦ τε κἀκείνου πάρα.

καὶ τὸν μέν, ὥσπερ γ' ἡ φάτις, ξένοι ποτὲ　　　715

λῃσταὶ φονεύουσ' ἐν τριπλαῖς ἁμαξιτοῖς·

παιδὸς δὲ βλάστας οὐ διέσχον ἡμέραι

τρεῖς, καί νιν ἄρθρα κεῖνος ἐνζεύξας ποδοῖν

ἔρριψεν ἄλλων χερσὶν ἄβατον εἰς ὄρος.

κἀνταῦθ' Ἀπόλλων οὔτ' ἐκεῖνον ἤνυσεν　　　720

그러니 아들이 아버지를 죽일 거라는 예언,
자기 아들의 손에 죽을 것을 두려워했던
라이오스 왕에 대한 예언도,
아폴론께서는 결국 일어나지 않게 하셨죠.
이 예언은 처음부터 그렇게 예정된 거죠.

그러니 더 이상 신경 쓰지 마세요.
신께서 정해 놓으신 일은,
반드시 드러내어 보여주시는 법이죠.   725

오이디푸스:
당신에게서 이런 말을 들으니
정신이 혼란하고 심장이 요동치는구려.

이오카스테:
도대체 무슨 일로 다시 괴로워하시며,
이런 말씀을 하세요?

오이디푸스:
라이오스 왕께서 삼거리에서 돌아가셨다고 하셨소?   730

φονέα γενέσθαι πατρὸς οὔτε Λάϊον
τὸ δεινὸν οὐφοβεῖτο πρὸς παιδὸς θανεῖν.
τοιαῦτα φῆμαι μαντικαὶ διώρισαν,
ὧν ἐντρέπου σὺ μηδέν· ὧν γὰρ ἂν θεὸς
χρείαν ἐρευνᾷ, ῥᾳδίως αὐτὸς φανεῖ.   725

Οἰδίπους

οἷόν μ᾽ ἀκούσαντ᾽ ἀρτίως ἔχει, γύναι,
ψυχῆς πλάνημα κἀνακίνησις φρενῶν.

Ἰοκάστη

ποίας μερίμνης τοῦθ᾽ ὑποστραφεὶς λέγεις;

Οἰδίπους

ἔδοξ᾽ ἀκοῦσαι σοῦ τόδ᾽, ὡς ὁ Λάϊος
κατασφαγείη πρὸς τριπλαῖς ἁμαξιτοῖς.   730

이오카스테:
네, 그렇게 전해 들었고, 여전히 그런 줄 압니다.

오이디푸스:
그 일이 발생한 장소를 아시오, 왕비?

이오카스테:
그곳은 포키스인데 한 길은 델포이로,
또 한 길은 다울리아로 통하는 교차로입니다.

오이디푸스:
얼마나 오래된 일이오?   735

이오카스테:
당신께서 왕위에 오르시기 직전에
이 도시에 전해진 소식입니다.

오이디푸스:
오, 제우스 신이시여,
저를 어쩔 작정이십니까?

Ἰοκάστη

ηὐδᾶτο γὰρ ταῦτ᾽ οὐδέ πω λήξαντ᾽ ἔχει.

Οἰδίπους

καὶ ποῦ 'σθ᾽ ὁ χῶρος οὗτος οὗ τόδ᾽ ἦν πάθος;

Ἰοκάστη

Φωκὶς μὲν ἡ γῆ κλήζεται, σχιστὴ δ᾽ ὁδὸς
ἐς ταὐτὸ Δελφῶν κἀπὸ Δαυλίας ἄγει.

Οἰδίπους

καὶ τίς χρόνος τοῖσδ᾽ ἐστὶν οὑξεληλυθώς;   735

Ἰοκάστη

σχεδόν τι πρόσθεν ἢ σὺ τῆσδ᾽ ἔχων χθονὸς
ἀρχὴν ἐφαίνου, τοῦτ᾽ ἐκηρύχθη πόλει.

Οἰδίπους

ὦ Ζεῦ, τί μου δρᾶσαι βεβούλευσαι πέρι;

이오카스테:

무엇이 당신을 그토록 괴롭힌단 말입니까?

오이디푸스:

아직은 묻지 말고, 먼저 답해주오.   740

라이오스 왕의 외모와 연세는 어찌 되셨소?

이오카스테:

그분은 키가 크셨고,

흰 머리카락이 살짝 있으며,

생김새는 당신과 크게 다르지 않으셨죠.

오이디푸스:

오, 불운한 내 신세,

아무 것도 모르고

내가 나 자신에게

끔찍한 저주를 내린 것 같구나!   745

이오카스테:

무슨 뜻이죠? 당신 모습이 너무 무서워요.

Ἰοκάστη

τί δ᾽ ἐστί σοι τοῦτ᾽, Οἰδίπους, ἐνθύμιον;

Οἰδίπους

μήπω μ᾽ ἐρώτα· τὸν δὲ Λάϊον φύσιν   740
τίν᾽ ἦλθε φράζε, τίνα δ᾽ ἀκμὴν ἥβης ἔχων.

Ἰοκάστη

μέγας, χνοάζων ἄρτι λευκανθὲς κάρα,
μορφῆς δὲ τῆς σῆς οὐκ ἀπεστάτει πολύ.

Οἰδίπους

οἴμοι τάλας· ἔοικ᾽ ἐμαυτὸν εἰς ἀρὰς
δεινὰς προβάλλων ἀρτίως οὐκ εἰδέναι.   745

Ἰοκάστη

πῶς φής; ὀκνῶ τοι πρός σ᾽ ἀποσκοποῦσ᾽, ἄναξ.

- 149 -

오이디푸스:

그 예언자가 정말 예지력이 있는 것 같아

소름 끼치게 무섭소이다.

한 가지만 더 알려주면,

좀 더 확실하게 드러날 것이오.

이오카스테:

네, 정말 몹시 떨리지만,

묻는 말에 제가 아는 대로 말씀드리겠어요.

오이디푸스:

수행원은 소수이었소?   750

아니면, 왕의 행차답게

다수의 무장한 수행원이 함께 있었소?

이오카스테:

총 다섯 명 있었는데,

그 중에는 사자가 한 명 있었고,

왕을 태운 마차 한 대도 있었습니다.

Οἰδίπους

δεινῶς ἀθυμῶ μὴ βλέπων ὁ μάντις ᾖ·

δείξεις δὲ μᾶλλον, ἢν ἓν ἐξείπῃς ἔτι.

Ἰοκάστη

καὶ μὴν ὀκνῶ μέν, ἃ δ᾽ ἂν ἔρῃ μαθοῦσ᾽ ἐρῶ.

Οἰδίπους

πότερον ἐχώρει βαιὸς ἢ πολλοὺς ἔχων   750

ἄνδρας λοχίτας, οἷ᾽ ἀνὴρ ἀρχηγέτης;

Ἰοκάστη

πέντ᾽ ἦσαν οἱ ξύμπαντες, ἐν δ᾽ αὐτοῖσιν ἦν.

κῆρυξ· ἀπήνη δ᾽ ἦγε Λάϊον μία.

오이디푸스:

아, 명백해졌구나!

소식을 전한 자는 누구였소, 부인?

이오카스테:

시종 한 사람만 살아 돌아왔죠.

오이디푸스:

그가 지금 이 집에 있소?

이오카스테:

아닙니다. 그 시종은 집에 돌아온 직후에,

돌아가신 왕을 대신해

당신께서 다스리시는 것을 보고,

제 손을 잡고 애원하며, 가능한 보이지 않게   760

이 나라로부터 멀리 떨어져,

들판에서 양을 치면서 살게 해 달라 하더군요.

그래서 그를 떠나보냈죠.

시종이지만, 그는 그것뿐만 아니라,

더 많은 혜택도 받을 만한 좋은 사람이었죠.

Οἰδίπους

αἰαῖ, τάδ᾽ ἤδη διαφανῆ. τίς ἦν ποτε

ὁ τούσδε λέξας τοὺς λόγους ὑμῖν, γύναι;   755

Ἰοκάστη

οἰκεύς τις, ὅσπερ ἵκετ᾽ ἐκσωθεὶς μόνος.

Οἰδίπους

ἦ κἀν δόμοισι τυγχάνει τανῦν παρών;

Ἰοκάστη

οὐ δῆτ᾽· ἀφ᾽ οὗ γὰρ κεῖθεν ἦλθε καὶ κράτη

σέ τ᾽ εἶδ᾽ ἔχοντα Λάϊόν τ᾽ ὀλωλότα,

ἐξικέτευσε τῆς ἐμῆς χειρὸς θιγὼν   760

ἀγρούς σφε πέμψαι κἀπὶ ποιμνίων νομάς,

ὡς πλεῖστον εἴη τοῦδ᾽ ἄποπτος ἄστεως.

κἄπεμψ᾽ ἐγώ νιν· ἄξιος γὰρ οἷ᾽ ἀνὴρ

δοῦλος φέρειν ἦν τῆσδε καὶ μείζω χάριν.

오이디푸스:

그가 당장이라도 돌아올 수 있으면 좋겠는데!   765

이오카스테:

가능합니다만, 왜 그러시는 겁니까?

오이디푸스:

오, 부인, 내가 너무 지나친 말들을 쏟아낸 것 같아
두렵구려. 그러니 어서 그 양치기를 만나보고 싶소.

이오카스테:

올 것입니다.
그런데, 왕이시여,
무엇이 당신을 그렇게 불안하게 하는지
저도 알아야 할 것 같습니다.   770

오이디푸스:

불길한 예감이 이토록 커지니, 숨길 수가 없구려.
이 지독한 운명을 겪는 내가, 소중한 당신 아니면
누구에게 이것을 털어놓을 수 있겠소?

Οἰδίπους

πῶς ἂν μόλοι δῆθ᾽ ἡμὶν ἐν τάχει πάλιν;

Ἰοκάστη

πάρεστιν: ἀλλὰ πρὸς τί τοῦτ᾽ ἐφίεσαι;

Οἰδίπους

δέδοικ᾽ ἐμαυτόν, ὦ γύναι, μὴ πόλλ᾽ ἄγαν
εἰρημέν᾽ ᾖ μοι δι᾽ ἅ νιν εἰσιδεῖν θέλω.

Ἰοκάστη

ἀλλ᾽ ἵξεται μέν: ἀξία δέ που μαθεῖν
κἀγὼ τά γ᾽ ἐν σοὶ δυσφόρως ἔχοντ᾽, ἄναξ.

Οἰδίπους

κοὐ μὴ στερηθῇς γ᾽, ἐς τοσοῦτον ἐλπίδων
ἐμοῦ βεβῶτος. τῷ γὰρ ἂν καὶ μείζονι
λέξαιμ᾽ ἂν ἢ σοί, διὰ τύχης τοιᾶσδ᾽ ἰών;

나의 아버지 폴뤼보스는 코린토스의 왕이셨고,

어머니 메로페는 도리스 사람이었소.   775

나는 그 나라에서

가장 출중한 사람으로 여겨졌는데,

어느 날 뜻하지 않은 일을 만나게 되었소.

크게 신경 쓸 일은 아니더라도, 정말 이상했지요.

연회에서 한 남자가 술에 잔뜩 취해서는,

나를 데려다 기른 자식이라는 거였소.

너무나 화가 났지만, 그날은 그냥 참았지요.   780

다음날 부모님께 가서 그 일로 따졌소.

그분들은 그 자가 마구 지껄여댄 헛소리라며

크게 화를 내셨지요.

그래서 그렇게 믿고 마음을 놓았는데,

그 소문이 퍼지면서 계속 신경을 건드리는 거였소.   785

그래서 부모님 몰래 델포이 신전으로 가게 되었소.

그러나 아폴론 신은, 내가 알고 싶어 하는 바는

알려주지도 않은 채,

내게 일어날 불행과 공포,

끔찍한 일만 예언해주고는 가라 하더군.   790

ἐμοὶ πατὴρ μὲν Πόλυβος ἦν Κορίνθιος,

μήτηρ δὲ Μερόπη Δωρίς. ἠγόμην δ᾽ ἀνὴρ   775

ἀστῶν μέγιστος τῶν ἐκεῖ, πρίν μοι τύχη

τοιάδ᾽ ἐπέστη, θαυμάσαι μὲν ἀξία,

σπουδῆς γε μέντοι τῆς ἐμῆς οὐκ ἀξία.

ἀνὴρ γὰρ ἐν δείπνοις μ᾽ ὑπερπλησθεὶς μέθῃ

καλεῖ παρ᾽ οἴνῳ, πλαστὸς ὡς εἴην πατρί.   780

κἀγὼ βαρυνθεὶς τὴν μὲν οὖσαν ἡμέραν

μόλις κατέσχον, θἀτέρᾳ δ᾽ ἰὼν πέλας

μητρὸς πατρός τ᾽ ἤλεγχον· οἱ δὲ δυσφόρως

τοὔνειδος ἦγον τῷ μεθέντι τὸν λόγον.

κἀγὼ τὰ μὲν κείνοιν ἐτερπόμην, ὅμως δ᾽   785

ἔκνιζέ μ᾽ ἀεὶ τοῦθ᾽· ὑφεῖρπε γὰρ πολύ.

λάθρᾳ δὲ μητρὸς καὶ πατρὸς πορεύομαι

Πυθώδε, καί μ᾽ ὁ Φοῖβος ὧν μὲν ἱκόμην

ἄτιμον ἐξέπεμψεν, ἄλλα δ᾽ ἄθλια

καὶ δεινὰ καὶ δύστηνα προύφηνεν λέγων,   790

내가 나의 어머니와 동침을 해서,

인간으로서 차마 감내할 수 없는

저주받은 종자를 생산하고,

또 날 낳은 아버지를 살해할 운명이라는 것이오.

이 말을 듣고 즉시 코린토스를 떠나,   795

별에게 길을 물으며 그렇게 계속 도망을 쳤소.

끔찍한 신탁이 전해준 수치스러운 일이

일어날 수 없는 곳을 찾아서 말이오.

그렇게 계속 떠돌아다니다가, 라이오스 왕이 죽음을

맞이했다고 당신이 말한 그 장소에 다다랐소.   800

부인, 이제 모든 것을 사실대로 말하겠소.

당신이 말한 교차로 근처를 내가 걸어가고 있을 때,

사자 한 명, 그리고 당신이 말한 대로,

마차를 탄 어떤 남자와 마주치게 되었소.

마부와 마차 위의 그 노인은   805

나를 억지로 길에서 내몰더군요.

마부가 나를 밀 때, 화가 나서 그를 쳤지요.

이를 본 그 노인은 기회를 엿보다가,

내가 마차 곁을 지나갈 때,

말몰이용 양날 막대기로 내 머리를 쳤소.

ὡς μητρὶ μὲν χρείη με μιχθῆναι, γένος δ'
ἄτλητον ἀνθρώποισι δηλώσοιμ' ὁρᾶν, φονεὺς δ'
ἐσοίμην τοῦ φυτεύσαντος πατρός.

κἀγὼ 'πακούσας ταῦτα τὴν Κορινθίαν,

ἄστροις τὸ λοιπὸν ἐκμετρούμενος, χθόνα   795

ἔφευγον, ἔνθα μήποτ' ὀψοίμην κακῶν

χρησμῶν ὀνείδη τῶν ἐμῶν τελούμενα.

στείχων δ' ἱκνοῦμαι τούσδε τοὺς χώρους, ἐν οἷς

σὺ τὸν τύραννον τοῦτον ὄλλυσθαι λέγεις.

καί σοι, γύναι, τἀληθὲς ἐξερῶ. τριπλῆς   800

ὅτ' ἦ κελεύθου τῆσδ' ὁδοιπορῶν πέλας,

ἐνταῦθά μοι κῆρύξ τε κἀπὶ πωλικῆς

ἀνὴρ ἀπήνης ἐμβεβώς, οἷον σὺ φῄς,

ξυνηντίαζον: κἀξ ὁδοῦ μ' ὅ θ' ἡγεμὼν

αὐτός θ' ὁ πρέσβυς πρὸς βίαν ἠλαυνέτην.   805

κἀγὼ τὸν ἐκτρέποντα, τὸν τροχηλάτην,

παίω δι' ὀργῆς: καί μ' ὁ πρέσβυς ὡς ὁρᾷ,

ὄχου παραστείχοντα τηρήσας, μέσον

κάρα διπλοῖς κέντροισί μου καθίκετο.

하지만 지체 없이 몇 배의 앙갚음을 해줬소.

내 지팡이로 그를 치니,   810

바로 마차에서 떨어져 뒤로 거꾸러지더군요.

그리고는 그들을 모조리 다 죽였다오.

그런데 만약 이 살해범이

라이오스 왕과 친척관계라면,

이 자보다 더 비참한 사람이 있을까?   815

이 자보다 더 신의 진노를 산 사람이 세상에 있을까?

이 나라 백성이나 타국 사람들이나, 누구라도

그를 집에 들이지도 않을 것이고,

인사조차 건네지 않으며 문전 박대할 텐데.

다른 사람도 아닌 내가 나 자신을 그렇게 저주했구나!

나는 내 손으로 죽인 자의 침실도 더럽혔으니,   820

나는 타고난 악인이요,

더할 수 없이 불경스런 자로다!

나는 코린토스에 있을 때 달아날 수밖에 없었소.

멀리 달아나서 혈육도 못보고,

그 나라에 발도 들여놓지 말아야 했소. 왜냐하면,

내가 나의 어머니와 결혼을 하고, 나를 낳고 길러주신   825

아버지 폴뤼보스 왕을 죽일 운명이기 때문이었소.

οὐ μὴν ἴσην γ᾽ ἔτισεν, ἀλλὰ συντόμως 810

σκήπτρῳ τυπεὶς ἐκ τῆσδε χειρὸς ὕπτιος

μέσης ἀπήνης εὐθὺς ἐκκυλίνδεται·

κτείνω δὲ τοὺς ξύμπαντας. εἰ δὲ τῷ ξένῳ

τούτῳ προσήκει Λαΐου τι συγγενές,

τίς τοῦδέ γ᾽ ἀνδρός ἐστιν ἀθλιώτερος; 815

τίς ἐχθροδαίμων μᾶλλον ἂν γένοιτ᾽ ἀνήρ;

ὃν μὴ ξένων ἔξεστι μηδ᾽ ἀστῶν τινι

δόμοις δέχεσθαι μηδὲ προσφωνεῖν τινα,

ὠθεῖν δ᾽ ἀπ᾽ οἴκων. καὶ τάδ᾽ οὔτις ἄλλος ἦν

ἢ 'γὼ 'π᾽ ἐμαυτῷ τάσδ᾽ ἀρὰς ὁ προστιθείς. 820

λέχη δὲ τοῦ θανόντος ἐκ χεροῖν ἐμαῖν

χραίνω, δι᾽ ὧνπερ ὤλετ᾽· ἆρ᾽ ἔφυν κακός;

ἆρ᾽ οὐχὶ πᾶς ἄναγνος; εἴ με χρὴ φυγεῖν,

καί μοι φυγόντι μῆστι τοὺς ἐμοὺς ἰδεῖν

μηδ᾽ ἐμβατεύειν πατρίδος, ἢ γάμοις με δεῖ 825

μητρὸς ζυγῆναι καὶ πατέρα κατακτανεῖν

Πόλυβον, ὃς ἐξέφυσε κἀξέθρεψέ με.

이 모든 일은 어떤 악령 때문에 빚어진 것이니,

사람들이 그에 따라서 판단해야 옳지 않겠소?

아, 부디, 거룩하시고 경외로우신 신이시여,　　　　　　　　　830

그날을 보지 않게 하소서.

이 치명적인 불행이 덮치기 전에

나를 이 세상에서 데려가주소서!

코로스:

왕이시여, 저희들도 두려워집니다만,

그 목격자를 직접 만나서

이야기를 들어볼 때까지는

희망을 버리지 마시길 바랍니다.　　　　　　　　　835

오이디푸스:

그렇소. 그 양치기가 올 때까지 기다릴 수 있는

그 정도의 희망이 내게 남아 있었구려.

이오카스테:

그 사람이 오면, 어쩌시려고요?

ἆρ' οὐκ ἀπ' ὠμοῦ ταῦτα δαίμονός τις ἂν

κρίνων ἐπ' ἀνδρὶ τῷδ' ἂν ὀρθοίη λόγον;

μὴ δῆτα, μὴ δῆτ', ὦ θεῶν ἁγνὸν σέβας,   830

ἴδοιμι ταύτην ἡμέραν, ἀλλ' ἐκ βροτῶν

βαίην ἄφαντος πρόσθεν ἢ τοιάνδ' ἰδεῖν

κηλῖδ' ἐμαυτῷ συμφορᾶς ἀφιγμένην.

Χορός

ἡμῖν μέν, ὦναξ, ταῦτ' ὀκνήρ': ἕως δ' ἂν οὖν

πρὸς τοῦ παρόντος ἐκμάθῃς, ἔχ' ἐλπίδα.   835

Οἰδίπους

καὶ μὴν τοσοῦτόν γ' ἐστί μοι τῆς ἐλπίδος,

τὸν ἄνδρα τὸν βοτῆρα προσμεῖναι μόνον.

Ἰοκάστη

πεφασμένου δὲ τίς ποθ' ἡ προθυμία;

오이디푸스:

자, 들어보시오.

만약 그 자의 말이 당신과 일치한다면,

적어도 난 재앙은 피하게 되겠지.   840

이오카스테:

그럼 제 이야기에서

뭐 별다른 점을 찾아내셨나요?

오이디푸스:

당신이 양치기에게서 들었다는 말에 의하면,

라이오스 왕을 죽인 자들은 노상강도들이지요.

그 자가 여전히 같은 다수를 지칭한다면,

살인자는 내가 아닌 셈이 되오.   845

한 사람이 여러 사람과

같을 수는 없을 테니 말이오.

그러나 만일 양치기가 홀로 여행하던

한 사람을 지칭한다면,

당연히 유죄의 가능성은

내게 기울 것이오.

Οἰδίπους

ἐγὼ διδάξω σ᾽· ἢν γὰρ εὑρεθῇ λέγων

σοὶ ταῦτ᾽, ἔγωγ᾽ ἂν ἐκπεφευγοίην πάθος.　　　840

Ἰοκάστη

ποῖον δέ μου περισσὸν ἤκουσας λόγον;

Οἰδίπους

λῃστὰς ἔφασκες αὐτὸν ἄνδρας ἐννέπειν

ὥς νιν κατακτείνειαν. εἰ μὲν οὖν ἔτι

λέξει τὸν αὐτὸν ἀριθμόν, οὐκ ἐγὼ ᾽κτανον·

οὐ γὰρ γένοιτ᾽ ἂν εἷς γε τοῖς πολλοῖς ἴσος·　　845

εἰ δ᾽ ἄνδρ᾽ ἕν᾽ οἰόζωνον αὐδήσει, σαφῶς

τοῦτ᾽ ἐστὶν ἤδη τοὔργον εἰς ἐμὲ ῥέπον.

이오카스테:

적어도 그가 그렇게 말한 건 확실합니다.

이제 와서 아니라고 말할 수 없을 거예요.

저뿐만 아니라 온 나라 사람들이

그 이야기를 들었으니까요.   850

하지만, 왕이시여,

전에 그가 했던 말을 바꾸더라도,

라이오스 왕이 꼭 예언된 그대로

돌아가셨다고 할 수 없습니다.

아폴론 신은 왕이 반드시

자신의 아들에 의해 죽게 될 것이라 단언했습니다.

그런데 그 불쌍한 아들은

절대 그 아버지를 죽일 수 없었죠.   855

그 애가 먼저 죽었으니까요.

그러니 예언에 관한 한, 저는 앞으로

이렇든 저렇든 신경 쓰지 않을 거예요.

오이디푸스:

옳은 말씀이요. 그렇긴 해도 사람을 보내

그를 이곳에 데려오게 하시오. 잊지 말고 말이오.   860

Ἰοκάστη

ἀλλ᾽ ὡς φανέν γε τοὔπος ὧδ᾽ ἐπίστασο,

κοὐκ ἔστιν αὐτῷ τοῦτό γ᾽ ἐκβαλεῖν πάλιν·

πόλις γὰρ ἤκουσ᾽, οὐκ ἐγὼ μόνη, τάδε.　　　　　850

εἰ δ᾽ οὖν τι κἀκτρέποιτο τοῦ πρόσθεν λόγου,

οὔτοι ποτ᾽, ὦναξ, σόν γε Λαΐου φόνον

φανεῖ δικαίως ὀρθόν, ὅν γε Λοξίας

διεῖπε χρῆναι παιδὸς ἐξ ἐμοῦ θανεῖν.

καίτοι νιν οὐ κεῖνός γ᾽ ὁ δύστηνός ποτε　　　　　855

κατέκταν᾽, ἀλλ᾽ αὐτὸς πάροιθεν ὤλετο.

ὥστ᾽ οὐχὶ μαντείας γ᾽ ἂν οὔτε τῇδ᾽ ἐγὼ

βλέψαιμ᾽ ἂν εἵνεκ᾽ οὔτε τῇδ᾽ ἂν ὕστερον.

Οἰδίπους

καλῶς νομίζεις· ἀλλ᾽ ὅμως τὸν ἐργάτην

πέμψον τινὰ στελοῦντα μηδὲ τοῦτ᾽ ἀφῇς.　　　　　860

이오카스테:

당장 그렇게 하겠습니다. 이제 그만 들어가시지요.

왕을 언짢게 하는 일은 아무것도 하지 않겠습니다.

(오이디푸스와 이오카스테 퇴장)

코로스:

운명의 신이시여,

높으신 하늘의 법을 따르며 모든 말과 행동에

경건과 신실함으로 살아온 저를 기억하옵소서.   865

그 법은 하늘나라의 맑은 공간에서 태어났고,

그것의 유일한 아버지는 올림포스로다.

피조물인 인간이 그 법을 만들 수 없고,

죽음 또한 그 법을 잠재울 수 없도다.   870

그 법과 함께 하시는 신은

위대하시며, 영원하신 분이로다.

오만은 폭군을 낳는도다.

부당하고 무익한, 헛된 과욕으로 채워진 오만은

가파른 꼭대기로 올라가   875

Ἰοκάστη

πέμψω ταχύνασ᾽: ἀλλ᾽ ἴωμεν ἐς δόμους:

οὐδὲν γὰρ ἂν πράξαιμ᾽ ἂν ὧν οὐ σοὶ φίλον.

Χορός

εἴ μοι ξυνείη φέροντι

μοῖρα τὰν εὔσεπτον ἁγνείαν λόγων

ἔργων τε πάντων, ὧν νόμοι πρόκεινται   865

ὑψίποδες, οὐρανίαν

δι᾽ αἰθέρα τεκνωθέντες, ὧν Ὄλυμπος

πατὴρ μόνος, οὐδέ νιν

θνατὰ φύσις ἀνέρων

ἔτικτεν οὐδὲ μή ποτε   870

λάθα κατακοιμάσῃ:

μέγας ἐν τούτοις θεὸς οὐδὲ γηράσκει.

ὕβρις φυτεύει τύραννον:

ὕβρις, εἰ πολλῶν ὑπερπλησθῇ μάταν,

ἃ μὴ 'πίκαιρα μηδὲ συμφέροντα,   875

멸망의 나락으로 곤두박질치는 법,
그때는 발도 소용없다네.

그러나 신이시여,
나라에 덕을 끼치는 충성된 열망은
소멸치 마옵기를 기도합니다!   880
그리하면 신을 우리의 영원한
인도자로 섬기겠나이다.

만약 인간의 말과 행동이   885
오만방자하며, 정의를 짓밟고,
신을 경외하지 않는다면,
그 자의 그릇된 오만에 저주가 있을지어다!

또한, 부당한 이득을 취하고,
불경한 행위를 일삼고,   890
성물을 탐하는 자는,
어느 누구라도 신의 화살로부터
자신의 영혼을 지킬 수 없으리로다!

ἀκρότατον εἰσαναβᾶσ'

αἶπος ἀπότομον ὤρουσεν εἰς ἀνάγκαν,

ἔνθ' οὐ ποδὶ χρησίμῳ

χρῆται. τὸ καλῶς δ' ἔχον

πόλει πάλαισμα μήποτε λῦσαι

θεὸν αἰτοῦμαι.   880

θεὸν οὐ λήξω ποτὲ προστάταν ἴσχων.

εἰ δέ τις ὑπέροπτα χερσὶν

ἢ λόγῳ πορεύεται,

δίκας ἀφόβητος οὐδὲ   885

δαιμόνων ἕδη σέβων,

κακά νιν ἕλοιτο μοῖρα,

δυσπότμου χάριν χλιδᾶς,

εἰ μὴ τὸ κέρδος κερδανεῖ δικαίως

καὶ τῶν ἀσέπτων ἔρξεται   890

ἢ τῶν ἀθίκτων θίξεται ματάζων.

τίς ἔτι ποτ' ἐν τοῖσδ' ἀνὴρ θεῶν βέλη

εὔξεται ψυχᾶς ἀμύνειν;

이러한 불경한 행위가 명예롭게 여겨진다면,   895
내가 왜 춤추며 신을 경배해야 하는가?

이 모든 것이 명백한 진리로 드러나지 않는다면,
땅의 한가운데 있는 델포이 신전,
신성한 그곳에,
더 이상 경배하러 가지 않을 것이고,   900
아바이 신전에도 올림피아 신전에도
올라가지 않을 것입니다.

오, 제우스 신이여,
전능하시며,
진정 최고의 통치자시여,
영원한 권능으로 다스리옵소서!   905
라이오스 왕에 대한 신탁이
오래되고 희미해져서 잊혀져 가고 있습니다.
아폴론의 영광은 묻히고,
신을 향한 경외심도 사라져가고 있습니다.   910

(화환을 들고 이오카스테 등장)

εἰ γὰρ αἱ τοιαίδε πράξεις τίμιαι,   895

τί δεῖ με χορεύειν;

Χορός

οὐκέτι τὸν ἄθικτον

εἶμι γᾶς ἐπ' ὀμφαλὸν σέβων,

οὐδ' ἐς τὸν Ἀβαῖσι ναὸν   900

οὐδὲ τὰν Ὀλυμπίαν,

εἰ μὴ τάδε χειρόδεικτα

πᾶσιν ἁρμόσει βροτοῖς.

ἀλλ', ὦ κρατύνων, εἴπερ ὄρθ' ἀκούεις,

Ζεῦ, πάντ' ἀνάσσων, μὴ λάθοι

σὲ τάν τε σὰν ἀθάνατον αἰὲν ἀρχάν.   905

φθίνοντα γὰρ Λαΐου παλαίφατα

θέσφατ' ἐξαιροῦσιν ἤδη,

κοὐδαμοῦ τιμαῖς Ἀπόλλων ἐμφανής:

ἔρρει δὲ τὰ θεῖα.   910

이오카스테:

장로들이여,

탄원의 화환과 향을 가지고

신전에 올라가려 합니다.

오이디푸스 왕께서 매사에 고통스러워하시며,

지나치게 격해지시고,

지혜롭게 자초지종을 살피지도 않고,   915

불길한 이야기에 쉽게 흔들리신답니다.

제 충고도 소용없어,

가장 가까이 계신 아폴론 신께

이처럼 탄원하러 왔습니다.

여기 탄원의 예물을 바치오니,

저의 소원을 들으사,   920

저희를 저주에서 건져주시옵소서.

우리 배의 키잡이인 그가 몹시 겁에 질려 있으니,

그를 보는 자마다 두려움에 떨게 됩니다.

(코린토스에서 온 사자 등장)

Ἰοκάστη

χώραςἄνακτες, δόξα μοι παρεστάθη

ναοὺς ἱκέσθαι δαιμόνων, τάδ᾽ ἐν χεροῖν

στέφη λαβούσῃ κἀπιθυμιάματα.

ὑψοῦ γὰρ αἴρει θυμὸν Οἰδίπους ἄγαν

λύπαισι παντοίαισιν· οὐδ᾽ ὁποῖ᾽ ἀνὴρ   915

ἔννους τὰ καινὰ τοῖς πάλαι τεκμαίρεται,

ἀλλ᾽ ἐστὶ τοῦ λέγοντος, εἰ φόβους λέγοι.

ὅτ᾽ οὖν παραινοῦσ᾽ οὐδὲν ἐς πλέον ποιῶ,

πρὸς σ᾽, ὦ Λύκει᾽ Ἄπολλον, ἄγχιστος γὰρ εἶ,

ἱκέτις ἀφῖγμαι τοῖσδε σὺν κατεύγμασιν,   920

ὅπως λύσιν τιν᾽ ἡμῖν εὐαγῆ πόρῃς·

ὡς νῦν ὀκνοῦμεν πάντες ἐκπεπληγμένον

κεῖνον βλέποντες ὡς κυβερνήτην νεώς.

사자:

여러분이여, 오이디푸스 왕궁이 어딘지
가르쳐주시겠습니까? 아니, 그보다는   925
왕께서 어디 계신지 알려주시겠습니까?

코로스:

바로 여깁니다. 그분은 집안에 계시고,
이분이 그분 자녀들의 어머니 되십니다.

사자:

그분의 부인이시군요.
복된 가족과 함께 영원히 행복하시옵소서!   930

이오카스테:

복된 말을 하시는 당신에게도 축복이 있기를!
그런데 어쩐 일로 오셨습니까?
무슨 전하실 말씀이라도?

사자:

왕과 왕가에 좋은 소식입니다. 왕비님.

Ἄγγελος

ἆρ' ἂν παρ' ὑμῶν, ὦ ξένοι, μάθοιμ' ὅπου

τὰ τοῦ τυράννου δώματ' ἐστὶν Οἰδίπου;   925

μάλιστα δ' αὐτὸν εἴπατ', εἰ κάτισθ' ὅπου.

Χορός

στέγαι μὲν αἵδε, καὐτὸς ἔνδον, ὦ ξένε:

γυνὴ δὲ μήτηρ ἥδε τῶν κείνου τέκνων.

Ἄγγελος

ἀλλ' ὀλβία τε καὶ ξὺν ὀλβίοις ἀεὶ

γένοιτ', ἐκείνου γ' οὖσα παντελὴς δάμαρ.   930

Ἰοκάστη

αὕτως δὲ καὶ σύ γ', ὦ ξέν': ἄξιος γὰρ εἶ

τῆς εὐεπείας εἵνεκ': ἀλλὰ φράζ' ὅτου

χρήζων ἀφῖξαι χὤ τι σημῆναι θέλων.

Ἄγγελος

ἀγαθὰ δόμοις τε καὶ πόσει τῷ σῷ, γύναι.

이오카스테:

어떤 소식인지요? 어떤 분께서 보내셨나요?   935

사자:

저는 코린토스에서 왔는데,

제 얘기를 들으시면 기뻐하실 것입니다.

약간의 슬픔도 있겠지만.

이오카스테:

그 이중 의미를 담은 소식이 도대체 무엇입니까?

사자:

코린토스 백성들이

오이디푸스님을 왕으로 모시려 합니다.   940

이오카스테:

무슨 말씀을 하시는지? 폴뤼보스 왕이 계시는데.

사자:

아닙니다. 그분은 이제 돌아가셔서 무덤에 계시지요.

Ἰοκάστη

τὰ ποῖα ταῦτα; παρὰ τίνος δ᾽ ἀφιγμένος;   935

Ἄγγελος

ἐκ τῆς Κορίνθου· τὸ δ᾽ ἔπος οὐξερῶ τάχα,

ἥδοιο μέν, πῶς δ᾽ οὐκ ἄν, ἀσχάλλοις δ᾽ ἴσως.

Ἰοκάστη

τί δ᾽ ἔστι; ποίαν δύναμιν ὧδ᾽ ἔχει διπλῆν;

Ἄγγελος

τύραννον αὐτὸν οὑπιχώριοι χθονὸς

τῆς Ἰσθμίας στήσουσιν, ὡς ηὐδᾶτ᾽ ἐκεῖ.   940

Ἰοκάστη

τί δ᾽; οὐχ ὁ πρέσβυς Πόλυβος ἐγκρατὴς ἔτι;

Ἄγγελος

οὐ δῆτ᾽, ἐπεί νιν θάνατος ἐν τάφοις ἔχει.

이오카스테:

뭐라고요? 폴뤼보스 왕께서 돌아가셨다고요?

사자:

사실이 아니라면, 제가 죽어도 좋습니다.

이오카스테: (시종에게)

빨리 가서 왕께 이 소식을 전하여라.   945

오, 신탁이여, 이 어찌된 일인가?

오이디푸스가 아버지를 죽이지 않으려고

오래 전에 도망쳐 나왔고,

이제 그 아버지는 천명을 다했으니,

오이디푸스로 인해 돌아가신 것이 아니요.

(오이디푸스 등장)

오이디푸스:

사랑하는 왕비, 이오카스테,

왜 나를 불렀소?   950

Ἰοκάστη

πῶς εἶπας; ἢ τέθνηκε Πόλυβος, ὦ γέρον;

Ἄγγελος

ἰ μὴ λέγω τἀληθές, ἀξιῶ θανεῖν.

Ἰοκάστη

ὦ πρόσπολ', οὐχὶ δεσπότῃ τάδ' ὡς τάχος   945
μολοῦσα λέξεις; ὦ θεῶν μαντεύματα,
ἵν' ἐστέ: τοῦτον Οἰδίπους πάλαι τρέμων
τὸν ἄνδρ' ἔφευγε μὴ κτάνοι, καὶ νῦν ὅδε
πρὸς τῆς τύχης ὄλωλεν οὐδὲ τοῦδ' ὕπο.

Οἰδίπους

ὦ φίλτατον γυναικὸς Ἰοκάστης κάρα,   950
τί μ' ἐξεπέμψω δεῦρο τῶνδε δωμάτων;

이오카스테:

이 사람이 하는 말을 들어보시고, 그 신성한
신탁의 결과가 어떻게 되었는지 잘 생각해보세요.

오이디푸스:

이 사람은 누구며, 내게 전할 소식이란 게 무엇이오?

이오카스테:

이 사람은 코린토스에서 왔는데,
당신의 아버지 폴뤼보스 왕께서 돌아가셨다 합니다.　　　955

오이디푸스:

이게 무슨 소린가? 소식을 가져온 당신이 직접 말해보시게.

사자:

명백하게 먼저 전해야 할 사실은,
폴뤼보스 왕께서 돌아가셨다는 소식입니다.

오이디푸스:

반역으로? 아니면 병으로?　　　960

Ἰοκάστη

ἄκουε τἀνδρὸς τοῦδε, καὶ σκόπει κλύων
τὰ σέμν᾽ ἵν᾽ ἥκει τοῦ θεοῦ μαντεύματα.

Οἰδίπους

οὗτος δὲ τίς ποτ᾽ ἐστὶ καὶ τί μοι λέγει;

Ἰοκάστη

ἐκ τῆς Κορίνθου, πατέρα τὸν σὸν ἀγγελῶν   955
ὡς οὐκέτ᾽ ὄντα Πόλυβον, ἀλλ᾽ ὀλωλότα.

Οἰδίπους

τί φής, ξέν᾽; αὐτός μοι σὺ σημάντωρ γενοῦ.

Ἄγγελος

εἰ τοῦτο πρῶτον δεῖ μ᾽ ἀπαγγεῖλαι σαφῶς,
εὖ ἴσθ᾽ ἐκεῖνον θανάσιμον βεβηκότα.

Οἰδίπους

πότερα δόλοισιν ἢ νόσου ξυναλλαγῇ;   960

사자:
사소한 것도 노구에게는 치명적인 법이지요.

오이디푸스:
그러니까, 병환으로 돌아가셨나 보군요!

사자:
네, 연만하셨으니, 노환이시지요.

오이디푸스:
오, 부인, 왜 사람들이 신탁을 위해
아폴론 제단의 화로와   965
하늘에서 우는 새를 바라봐야 하지?
신탁은 내가 아버지를 죽인다고 했지!

그런데 그분은 이미 돌아가셔서 땅속에 묻히셨고,
그분께 창을 들이댄 적도 없는 나는 여기 서 있소.
그분이 나에 대한 그리움 때문에 돌아가셨다면,
아마 나는 살인자일 수도 있겠지.   970

Ἄγγελος

σμικρὰ παλαιὰ σώματ᾽ εὐνάζει ῥοπή.

Οἰδίπους

νόσοις ὁ τλήμων, ὡς ἔοικεν, ἔφθιτο.

Ἄγγελος

καὶ τῷ μακρῷ γε συμμετρούμενος χρόνῳ.

Οἰδίπους

φεῦ φεῦ, τί δῆτ᾽ ἄν, ὦ γύναι, σκοποῖτό τι

τὴν Πυθόμαντιν ἑστίαν ἢ τοὺς ἄνω   965

κλάζοντας ὄρνεις, ὧν ὑφηγητῶν ἐγὼ

κτενεῖν ἔμελλον πατέρα τὸν ἐμόν; ὁ δὲ θανὼν

κεύθει κάτω δὴ γῆς. ἐγὼ δ᾽ ὅδ᾽ ἐνθάδε

ἄψαυστος ἔγχους· εἴ τι μὴ τὠμῷ πόθῳ

κατέφθιθ᾽· οὕτω δ᾽ ἂν θανὼν εἴη 'ξ ἐμοῦ.   970

그러나 그 신탁들은,

고스란히 고인께서 가져 가셔서, 고인과 함께 묻혀,

아무 소용이 없게 되었구려.

이오카스테:

전에 그렇게 말씀드리지 않았습니까?

오이디푸스:

그랬소. 한데 난 두려움에 휩싸여 갈팡질팡했지요.

이오카스테:

이제는 아무것도 마음에 담아두지 마세요.   975

오이디푸스:

그러나 어머니와 결혼한다는 말이 어찌 두렵지 않겠소?

이오카스테:

결국 인생은 운에 따르며, 아무것도

미리 알 수 없는데, 왜 두려움에 떨어야 합니까?

가능한 그때그때 되는대로 사는 것이 최고랍니다.

τὰ δ᾽ οὖν παρόντα συλλαβὼν θεσπίσματα
κεῖται παρ᾽ Ἅιδῃ Πόλυβος ἄξι᾽ οὐδενός.

Ἰοκάστη

οὔκουν ἐγώ σοι ταῦτα προύλεγον πάλαι;

Οἰδίπους

ηὔδας· ἐγὼ δὲ τῷ φόβῳ παρηγόμην.

Ἰοκάστη

μὴ νῦν ἔτ᾽ αὐτῶν μηδὲν ἐς θυμὸν βάλῃς.   975

Οἰδίπους

καὶ πῶς τὸ μητρὸς οὐκ ὀκνεῖν λέχος με δεῖ;

Ἰοκάστη

τί δ᾽ ἂν φοβοῖτ᾽ ἄνθρωπος ᾧ τὰ τῆς τύχης
κρατεῖ, πρόνοια δ᾽ ἐστὶν οὐδενὸς σαφής;
εἰκῇ κράτιστον ζῆν, ὅπως δύναιτό τις.

어머니와 결혼이라는 것도 너무 걱정하지 마세요.   980
이전에도, 많은 사람들이
꿈에서 자신의 어머니와 동침하곤 했죠.
그러나 그 따위 일은 대수롭지 않게 여기는 사람들이
인생을 가장 편하게 사는 거죠.

오이디푸스:
어머니가 돌아가신 거라면, 당신이 한 말은
완벽할 수 있었는데, 당신의 말이 옳지만,   985
그분이 살아계시니 나는 여전히 두렵소.

이오카스테:
그래도 아버님께서 돌아가신 것은 큰 위안이지요.

오이디푸스:
그야 그렇지만, 그분이 살아계신 것은 두렵소.

사자:
왕을 두렵게 하는 그 부인은
누구를 말씀하시는 것이죠?

σὺ δ᾽ εἰς τὰ μητρὸς μὴ φοβοῦ νυμφεύματα: 980

πολλοὶ γὰρ ἤδη κἀν ὀνείρασιν βροτῶν

μητρὶ ξυνηυνάσθησαν. ἀλλὰ ταῦθ᾽ ὅτῳ

παρ᾽ οὐδέν ἐστι, ῥᾷστα τὸν βίον φέρει.

Οἰδίπους

καλῶς ἅπαντα ταῦτ᾽ ἂν ἐξείρητό σοι,

εἰ μὴ 'κύρει ζῶσ᾽ ἡ τεκοῦσα: νῦν δ᾽ ἐπεὶ   985

ζῇ, πᾶσ᾽ ἀνάγκη, κεἰ καλῶς λέγεις, ὀκνεῖν.

Ἰοκάστη

καὶ μὴν μέγας γ᾽ ὀφθαλμὸς οἱ πατρὸς τάφοι.

Οἰδίπους

μέγας, ξυνίημ᾽: ἀλλὰ τῆς ζώσης φόβος.

Ἄγγελος

ποίας δὲ καὶ γυναικὸς ἐκφοβεῖσθ᾽ ὕπερ;

오이디푸스:

폴뤼보스 왕의 아내, 메로페 왕비 말이죠.　　　　　　990

사자:

두 분께서는, 어째서 그분을 두려워하십니까?

오이디푸스:

신이 내리신 끔찍한 예언 때문이라오.

사자:

무슨 일인지 여쭈어도 될까요?

혹 다른 사람에게 발설하면 안 되는 것입니까?

오이디푸스:

물론, 괜찮소!

옛날에 아폴론 신께서 말씀하시기를,

내가 나의 어머니와 동침하고

나의 아버지를 죽일 운명이라 하더군.　　　　　　995

Οἰδίπους

Μερόπης, γεραιέ, Πόλυβος ἧς ᾤκει μέτα.   990

Ἄγγελος

τί δ᾽ ἔστ᾽ ἐκείνης ὑμὶν ἐς φόβον φέρον;

Οἰδίπους

θεήλατον μάντευμα δεινόν, ὦ ξένε.

Ἄγγελος

ἦ ῥητόν; ἢ οὐχὶ θεμιτὸν ἄλλον εἰδέναι;

Οἰδίπους

μάλιστά γ᾽: εἶπε γάρ με Λοξίας ποτὲ
χρῆναι μιγῆναι μητρὶ τἠμαυτοῦ τό τε   995

그래서 이 긴 세월 동안 코린토스에서

멀리 떨어져 살아온 것이라오.

그간 행복한 시간을 보냈지만,

그래도 부모님 얼굴을 뵙는 것은 기쁜 일이지요.

사자:

그것이 두려워

코린토스를 떠나셨다는 말씀인가요?   1000

오이디푸스:

내 아버지를 살해하는 자는 되고 싶지 않았소.

사자:

왕이시여, 제가 좋은 일로 이곳에 왔으니,

그 두려움을 떨쳐버리게 해 드리겠습니다.

오이디푸스:

그렇게만 해준다면

응당한 대가가 있을 것이오.

πατρῷον αἷμα χερσὶ ταῖς ἐμαῖς ἑλεῖν.

ὧν οὕνεχ᾿ ἡ Κόρινθος ἐξ ἐμοῦ πάλαι

μακρὰν ἀπῳκεῖτ᾿: εὐτυχῶς μέν, ἀλλ᾿ ὅμως

τὰ τῶν τεκόντων ὄμμαθ᾿ ἥδιστον βλέπειν.

Ἄγγελος

ἦ γὰρ τάδ᾿ ὀκνῶν κεῖθεν ἦσθ᾿ ἀπόπτολις;   1000

Οἰδίπους

πατρός τε χρῄζων μὴ φονεὺς εἶναι, γέρον.

Ἄγγελος

τί δῆτ᾿ ἐγὼ οὐχὶ τοῦδε τοῦ φόβου σ᾿, ἄναξ,

ἐπείπερ εὔνους ἦλθον, ἐξελυσάμην;

Οἰδίπους

καὶ μὴν χάριν γ᾿ ἂν ἀξίαν λάβοις ἐμοῦ.

사자:

왕께서 조국으로 돌아오시면

분명히 저에게 돌아올 이익이 있으리라 여기며, 1005

이 소식을 가져온 것입니다.

오이디푸스:

아니오, 결코 부모님께 가지 않을 것이요.

사자:

왕께서는 상황을 잘 모르시는 것이 분명하군요.

오이디푸스:

무슨 뜻이요? 부디 어서 말해보시오.

사자:

그것이 두려워 귀환하시지 않겠다 하시니. 1010

오이디푸스:

그렇소. 아폴론 신탁이 맞아떨어질까 두렵소.

Ἄγγελος

καὶ μὴν μάλιστα τοῦτ' ἀφικόμην, ὅπως 1005

σοῦ πρὸς δόμους ἐλθόντος εὖ πράξαιμί τι.

Οἰδίπους

ἀλλ' οὔποτ' εἶμι τοῖς φυτεύσασίν γ' ὁμοῦ.

Ἄγγελος

ὦ παῖ, καλῶς εἶ δῆλος οὐκ εἰδὼς τί δρᾷς.

Οἰδίπους

πῶς, ὦ γεραιέ; πρὸς θεῶν δίδασκέ με.

Ἄγγελος

εἰ τῶνδε φεύγεις οὕνεκ' εἰς οἴκους μολεῖν. 1010

Οἰδίπους

ταρβῶν γε μή μοι Φοῖβος ἐξέλθῃ σαφής.

사자:

부모님과 관련한 그 죄를 범할까
두려운 것이죠?

오이디푸스:

그렇소. 그게 내가 두려워하는 바요.

사자:

왕께서 헛되이 두려워하는 것을 아십니까?

오이디푸스:

그분들이 내 부모님이고,
내가 그들의 아들인데,   1015
어찌 그렇단 말이오?

사자:

폴뤼보스 왕은 친혈육이 아니십니다.

오이디푸스:

뭐라고, 그분이 내 아버지가 아니라고?

Ἄγγελος

ἦ μὴ μίασμα τῶν φυτευσάντων λάβῃς;

Οἰδίπους

τοῦτ᾽ αὐτό, πρέσβυ, τοῦτό μ᾽ εἰσαεὶ φοβεῖ.

Ἄγγελος

ἆρ᾽ οἶσθα δῆτα πρὸς δίκης οὐδὲν τρέμων;

Οἰδίπους

πῶς δ᾽ οὐχί, παῖς γ᾽ εἰ τῶνδε γεννητῶν ἔφυν;   1015

Ἄγγελος

ὁθούνεκ᾽ ἦν σοι Πόλυβος οὐδὲν ἐν γένει.

Οἰδίπους

πῶς εἶπας; οὐ γὰρ Πόλυβος ἐξέφυσέ με;

사자:

제가 왕의 아버지가 아닌 것과 마찬가지지요.

오이디푸스:

어떻게 내 아버지가

나와 아무 상관없는 남과 같소?

사자:

제가 왕의 아버지가 아닌 것처럼,

그분도 아니지요.   1020

오이디푸스:

그러면 어쩌다 그분이 나를

아들이라 부르게 되었소?

사자:

사실은, 제가 선물로 드린 것입니다.

오이디푸스:

다른 사람에게서 얻은 나를 그렇게 사랑했다고?

Ἄγγελος

οὐ μᾶλλον οὐδὲν τοῦδε τἀνδρός, ἀλλ᾽ ἴσον.

Οἰδίπους

καὶ πῶς ὁ φύσας ἐξ ἴσου τῷ μηδενί;

Ἄγγελος

ἀλλ᾽ οὔ σ᾽ ἐγείνατ᾽ οὔτ᾽ ἐκεῖνος οὔτ᾽ ἐγώ.   1020

Οἰδίπους

ἀλλ᾽ ἀντὶ τοῦ δὴ παῖδά μ᾽ ὠνομάζετο;

Ἄγγελος

δῶρόν ποτ᾽, ἴσθι, τῶν ἐμῶν χειρῶν λαβών.

Οἰδίπους

κᾆθ᾽ ὧδ᾽ ἀπ᾽ ἄλλης χειρὸς ἔστερξεν μέγα;

사자:

그때까지 자녀가 없었기 때문입니다.

오이디푸스:

나를 사서 드린 것이오,　　　　　　　　　　　　　1025

아니면 우연히 얻었소?

사자:

숲이 우거진 키타이론

산골짜기에서 발견되셨습니다.

오이디푸스:

왜 그런 곳을 돌아다니고 있었소?

사자:

그 무렵 산에서 양떼를 치고 있었습니다.

오이디푸스:

떠돌이 일꾼, 양치기였다는 말이오?

Ἄγγελος

ἡ γὰρ πρὶν αὐτὸν ἐξέπεισ' ἀπαιδία.

Οἰδίπους

σὺ δ' ἐμπολήσας ἢ τυχών μ' αὐτῷ δίδως;   1025

Ἄγγελος

εὑρὼν ναπαίαις ἐν Κιθαιρῶνος πτυχαῖς.

Οἰδίπους

ὡδοιπόρεις δὲ πρὸς τί τούσδε τοὺς τόπους;

Ἄγγελος

ἐνταῦθ' ὀρείοις ποιμνίοις ἐπεστάτουν.

Οἰδίπους

ποιμὴν γὰρ ἦσθα κἀπὶ θητείᾳ πλάνης;

사자:

네, 그래도 그때 왕의 목숨을 건져 드렸죠.   1030

오이디푸스:

당신의 팔에 안길 때, 내가 어떤 고통을 당하고 있었소?

사자:

왕의 발목이 그 증거가 될 것입니다.

오이디푸스:

오! 왜 그 오래된 아픔을 들추는 거요?

사자:

두 발에 구멍을 뚫고 관통한 그 족쇄를 제가 풀어드렸습니다.

오이디푸스:

강보에 싸인 그 상처가 내게 치욕이 됐군.   1035

사자:

그 이유로 오이디푸스라는 이름이 지어졌습니다.

Ἄγγελος

σοῦ τ', ὦ τέκνον, σωτήρ γε τῷ τότ' ἐν χρόνῳ.   1030

Οἰδίπους

τί δ' ἄλγος ἴσχοντ' ἀγκάλαις με λαμβάνεις;

Ἄγγελος

ποδῶν ἂν ἄρθρα μαρτυρήσειεν τὰ σά:

Οἰδίπους

οἴμοι, τί τοῦτ' ἀρχαῖον ἐννέπεις κακόν;

Ἄγγελος

λύω σ' ἔχοντα διατόρους ποδοῖν ἀκμάς.

Οἰδίπους

δεινόν γ' ὄνειδος σπαργάνων ἀνειλόμην.   1035

Ἄγγελος

ὥστ' ὠνομάσθης ἐκ τύχης ταύτης ὃς εἶ.

- 203 -

오이디푸스:

누가 그 일을 저질렀단 말이요, 어머니요 아버지요?

어서 말해보시오.

사자:

전 모릅니다만, 제게 건네준 사람이

저보다 더 잘 알 것입니다.

오이디푸스:

발견한 사람이 당신이 아니란 말이오?

다른 사람에게서 나를 건네받았단 말인가?

사자:

네, 다른 양치기에게서입니다.   1040

오이디푸스:

그가 누구였소? 잘 아는 사람이었소?

사자:

라이오스 왕의 일꾼으로 알고 있습니다.

Οἰδίπους

ὦ πρὸς θεῶν, πρὸς μητρὸς ἢ πατρός; φράσον.

Ἄγγελος

οὐκ οἶδ᾽· ὁ δοὺς δὲ ταῦτ᾽ ἐμοῦ λῷον φρονεῖ.

Οἰδίπους

ἦ γὰρ παρ᾽ ἄλλου μ᾽ ἔλαβες οὐδ᾽ αὐτὸς τυχών;

Ἄγγελος

οὔκ, ἀλλὰ ποιμὴν ἄλλος ἐκδίδωσί μοι.   1040

Οἰδίπους

τίς οὗτος; ἦ κάτοισθα δηλῶσαι λόγῳ;

Ἄγγελος

τῶν Λαΐου δήπου τις ὠνομάζετο.

오이디푸스:

오래 전에 이 나라를 다스렸던
그 왕을 말하는 거요?

사자:

그렇습니다. 그분의 양치기였죠.

오이디푸스:

그가 아직 살아있소?
내가 그를 만날 수 있겠소?   1045

사자:

이곳에 살고 있는 사람들이 더 잘 알 것입니다.

오이디푸스:

여기 여러분 중 누가,
이 사람이 말하는 양치기를 알고 있소?
이곳 도시나 시골 들판에서 그를 본 적 있소?
말해주시오.
이제 분명히 밝혀야 할 때가 되었소.   1050

Οἰδίπους

ἦ τοῦ τυράννου τῆσδε γῆς πάλαι ποτέ;

Ἄγγελος

μάλιστα· τούτου τἀνδρὸς οὗτος ἦν βοτήρ.

Οἰδίπους

ἦ κἄστ᾽ ἔτι ζῶν οὗτος, ὥστ᾽ ἰδεῖν ἐμέ;   1045

Ἄγγελος

ὑμεῖς γ᾽ ἄριστ᾽ εἰδεῖτ᾽ ἂν οὑπιχώριοι.

Οἰδίπους

ἔστιν τις ὑμῶν τῶν παρεστώτων πέλας,

ὅστις κάτοιδε τὸν βοτῆρ᾽ ὃν ἐννέπει,

εἴτ᾽ οὖν ἐπ᾽ ἀγρῶν εἴτε κἀνθάδ᾽ εἰσιδών;

σημήναθ᾽, ὡς ὁ καιρὸς ηὑρῆσθαι τάδε.   1050

코로스:

그 사람은 왕께서 만나고 싶어 하시던
바로 그 농부인 것 같습니다. 아마도
여기 계신 왕비님께서 제일 잘 아시겠죠.

오이디푸스:

부인, 우리가 부르러 보낸 그 사람을
당신은 알고 있지요? 그가 맞소?   1055

이오카스테:

저 사자가 말한 사람이 도대체 누구입니까?
상관하지 마세요.
무슨 말이든 마음에 담아두지 마세요.
시간 낭비일 뿐이죠.

오이디푸스:

이 정도 실마리면, 내 출생 비밀을 못 밝힐 리가 없소.

이오카스테:

제발 부탁입니다. 목숨을 소중히 여기신다면   1060

Χορός

οἶμαι μὲν οὐδέν' ἄλλον ἢ τὸν ἐξ ἀγρῶν,

ὃν κἀμάτευες πρόσθεν εἰσιδεῖν: ἀτὰρ

ἥδ' ἂν τάδ' οὐχ ἥκιστ' ἂν Ἰοκάστη λέγοι.

Οἰδίπους

γύναι, νοεῖς ἐκεῖνον, ὅντιν' ἀρτίως

μολεῖν ἐφιέμεσθα; τόνδ' οὗτος λέγει;   1055

Ἰοκάστη

τί δ' ὅντιν' εἶπε; μηδὲν ἐντραπῇς: τὰ δὲ

ῥηθέντα βούλου μηδὲ μεμνῆσθαι μάτην.

Οἰδίπους

οὐκ ἂν γένοιτο τοῦθ' ὅπως ἐγὼ λαβὼν

σημεῖα τοιαῦτ' οὐ φανῶ τοὐμὸν γένος.

Ἰοκάστη

μὴ πρὸς θεῶν, εἴπερ τι τοῦ σαυτοῦ βίου   1060

더 이상 들춰내지 마세요.

고통이 너무 커서 견딜 수가 없군요.

오이디푸스:

염려 마시오, 왕비. 만약 나의 어머니가 노예이며,

내가 삼 대째 노예로 밝혀져도,

당신은 천한 혈통으로 보이지 않을 것이오.

이오카스테:

제발 제 말대로 해주세요. 간청 드립니다.

여기서 멈추어주세요.

오이디푸스:

모든 것을 밝힐 수 있는 기회를 흘려버리도록   1065

내버려둘 수는 없소.

이오카스테:

당신을 위해서 가장 좋은 방도라 생각해서

드리는 말씀입니다.

κήδει, ματεύσῃς τοῦθ᾽: ἅλις νοσοῦσ᾽ ἐγώ.

Οἰδίπους

θάρσει: σὺ μὲν γὰρ οὐδ᾽ ἐὰν τρίτης ἐγὼ
μητρὸς φανῶ τρίδουλος, ἐκφανεῖ κακή.

Ἰοκάστη

ὅμως πιθοῦ μοι, λίσσομαι: μὴ δρᾶ τάδε.

Οἰδίπους

οὐκ ἂν πιθοίμην μὴ οὐ τάδ᾽ ἐκμαθεῖν σαφῶς.   1065

Ἰοκάστη

καὶ μὴν φρονοῦσά γ᾽ εὖ τὰ λῷστά σοι λέγω.

오이디푸스:

그 좋은 방도가 계속 날 괴롭히고 있소.

이오카스테:

오, 불행한 자!

부디, 신께서 당신이 누구인지 모르게 하셨으면!

오이디푸스:

누가 가서 그 양치기를 어서 데려오시오!

이 여인은 자신의 고귀한 혈통을

자랑하게 그냥 두고.   1070

이오카스테:

오, 불쌍한 자!

마지막으로 할 말은 이것밖에 없군요.

(이오카스테 퇴장)

Οἰδίπους

τὰ λῷστα τοίνυν ταῦτά μ᾽ ἀλγύνει πάλαι.

Ἰοκάστη

ὦ δύσποτμ᾽, εἴθε μήποτε γνοίης ὃς εἶ.

Οἰδίπους

ἄξει τις ἐλθὼν δεῦρο τὸν βοτῆρά μοι;

ταύτην δ᾽ ἐᾶτε πλουσίῳ χαίρειν γένει.   1070

Ἰοκάστη

ἰοὺ ἰού, δύστηνε: τοῦτο γάρ σ᾽ ἔχω

μόνον προσειπεῖν, ἄλλο δ᾽ οὔποθ᾽ ὕστερον.

코로스:

왕이시여, 왜 왕비께서

저토록 슬퍼하시며 뛰쳐나가십니까?

고요한 적막을 뚫고

어떤 끔찍한 일이 터져 나올 것 같아 두렵습니다.   1075

오이디푸스:

생기면 생기는 거지!

보잘것없어도, 내 조상을 찾겠다는 것뿐인데.

아마 왕비는 나의 낮은 출생 신분이

부끄러운가 보지요,

왕비 자신은 어떤 여자들보다

자랑거리가 많으니까.   1080

하지만 내 어머니는 자비로운 운명의 여신이니,

부끄러울 게 하나 없소.

운명은 나를 낳은 어머니이지.

나의 동족인 달은, 나를 나타내는데,

때론 작아지기도 하고, 때론 커지기도 하지.

내 혈통이 그럴진대, 그것에는 거짓됨이 없으니

내 출생 비밀을 묻어둘 바 아니지.   1085

Χορός

τί ποτε βέβηκεν, Οἰδίπους, ὑπ' ἀγρίας

ἄξασα λύπης ἡ γυνή; δέδοιχ' ὅπως

μὴ 'κ τῆς σιωπῆς τῆσδ' ἀναρρήξει κακά.   1075

Οἰδίπους

ὁποῖα χρῄζει ῥηγνύτω· τοὐμὸν δ' ἐγώ,

κεἰ σμικρόν ἐστι, σπέρμ' ἰδεῖν βουλήσομαι.

αὕτη δ' ἴσως, φρονεῖ γὰρ ὡς γυνὴ μέγα,

τὴν δυσγένειαν τὴν ἐμὴν αἰσχύνεται.

ἐγὼ δ' ἐμαυτὸν παῖδα τῆς Τύχης νέμων   1080

τῆς εὖ διδούσης οὐκ ἀτιμασθήσομαι.

τῆς γὰρ πέφυκα μητρός· οἱ δὲ συγγενεῖς

μῆνές με μικρὸν καὶ μέγαν διώρισαν.

τοιόσδε δ' ἐκφὺς οὐκ ἂν ἐξέλθοιμ' ἔτι

ποτ' ἄλλος, ὥστε μὴ 'κμαθεῖν τοὐμὸν γένος.   1085

코로스:

만약 내가 예언자이고 지혜자라면,

키타이론 산이여,

당신은 보게 될 것입니다.   1090

틀림없이, 내일 보름달에

오이디푸스 왕이 당신을

자신의 고향이며 어머니로 경배하는 것을.

우리 왕에게 은혜를 베푸사,

우리가 추는 춤으로

당신께 영광 돌리는 것을.   1095

우리 기도를 들으시는 아폴론 신이시여,

이런 은혜를 내려주소서!

너를 낳은 자가 누구냐, 아들아!

언덕을 거닐던 목신 판과 함께 누웠던 요정인가?   1100

아니면, 푸른 언덕을 사랑했던 신,

아폴론의 신부였나?

아니면, 헤르메스 신이나, 박코스 신이   1105

헬리콘 요정에게서 너를 선물로 받았나?

Χορός

εἴπερ ἐγὼ μάντις εἰμὶ καὶ κατὰ γνώμαν ἴδρις,

οὐ τὸν Ὄλυμπον ἀπείρων,

ὦ Κιθαιρών, οὐκ ἔσει τὰν αὔριον πανσέληνον,   1090

μὴ οὐ σέ γε καὶ πατριώταν Οἰδίπουν

καὶ τροφὸν καὶ ματέρ᾽ αὔξειν,

καὶ χορεύεσθαι πρὸς ἡμῶν,

ὡς ἐπὶ ἦρα φέροντα τοῖς ἐμοῖς τυράννοις.   1095

ἰήϊε Φοῖβε, σοὶ δὲ ταῦτ᾽ ἀρέστ᾽ εἴη.

τίς σε, τέκνον, τίς σ᾽ ἔτικτε τᾶν μακραιώνων ἄρα

Πανὸς ὀρεσσιβάτα πατρὸς   1100

πελασθεῖσ᾽; ἢ σέ γ᾽ εὐνάτειρά τις

Λοξίου; τῷ γὰρ πλάκες ἀγρόνομοι πᾶσαι φίλαι:

εἴθ᾽ ὁ Κυλλάνας ἀνάσσων,

εἴθ᾽ ὁ Βακχεῖος θεὸς ναίων   1105

ἐπ᾽ ἄκρων ὀρέων σ᾽ εὕρημα δέξατ᾽ ἔκ του

Νυμφᾶν Ἑλικωνίδων, αἷς πλεῖστα συμπαίζει.

(오이디푸스의 종들이 수행하며 노인 등장)

오이디푸스:

한 번도 만나본 적이 없지만, 내 추측이 맞다면,   1110

저자가 우리가 찾고 있던 그 양치기 같은데.

나이도 이 사자와 거의 같고.

게다가 그를 데려오는 자도 내 하인인 것 같은데.

당신이 저자를 더 잘 알아볼 수 있겠지요.   1115

전에 본 적이 있으니.

코로스:

확실히 알아볼 수 있습니다. 라이오스 왕을 모셨던

충직한 양치기였기 때문이지요.

오이디푸스:

코린토스에서 오신 분께 먼저 여쭙겠습니다.

이 자가, 당신이 말한 그 사람입니까?

사자:

왕 앞에 있는 자가 바로 그 사람입니다.   1120

Οἰδίπους

εἰ χρή τι κἀμὲ μὴ συναλλάξαντά πω,   1110

πρέσβεις, σταθμᾶσθαι, τὸν βοτῆρ' ὁρᾶν δοκῶ,

ὅνπερ πάλαι ζητοῦμεν· ἔν τε γὰρ μακρῷ

γήρᾳ ξυνᾴδει τῷδε τἀνδρὶ σύμμετρος,

ἄλλως τε τοὺς ἄγοντας ὥσπερ οἰκέτας

ἔγνωκ' ἐμαυτοῦ· τῇ δ' ἐπιστήμῃ σύ μου   1115

προύχοις τάχ' ἄν που, τὸν βοτῆρ' ἰδὼν πάρος.

Χορός

ἔγνωκα γάρ, σάφ' ἴσθι· Λαΐου γὰρ ἦν

εἴπερ τις ἄλλος πιστὸς ὡς νομεὺς ἀνήρ.

Οἰδίπους

σὲ πρῶτ' ἐρωτῶ, τὸν Κορίνθιον ξένον,

ἦ τόνδε φράζεις;

Ἄγγελος

τοῦτον, ὅνπερ εἰσορᾷς.   1120

오이디푸스:

이 보시오, 하나 물어보리다.

당신이 전에 라이오스 왕의 시종이었던가?

양치기:

그랬습죠, ---

팔려온 것은 아니고,

그 댁에서 자란 시종이었습니다.

오이디푸스:

무슨 일을 하며, 어떻게 살았나?

양치기:

주로 양을 치고 살았습니다.   1125

오이디푸스:

이 나라의 어느 지역에서 살았나?

양치기:

키타이론이나 그 근처입니다.

Οἰδίπους

οὗτος σύ, πρέσβυ, δεῦρό μοι φώνει βλέπων
ὅσ' ἄν σ' ἐρωτῶ. Λαΐου ποτ' ἦσθα σύ;

Θεράπων

ἦ δοῦλος οὐκ ὠνητός, ἀλλ' οἴκοι τραφείς.

Οἰδίπους

ἔργον μεριμνῶν ποῖον ἢ βίον τινά;

Θεράπων

ποίμναις τὰ πλεῖστα τοῦ βίου συνειπόμην.   1125

Οἰδίπους

χώροις μάλιστα πρὸς τίσι ξύναυλος ὤν;

Θεράπων

ἦν μὲν Κιθαιρών, ἦν δὲ πρόσχωρος τόπος.

오이디푸스:

그럼 거기 어디에선가 이 사람을 만났겠군?

양치기:

뭐 하는 사람입니까? 누구입니까?

오이디푸스:

여기 이 사람 말일세,   1130

그와 알고 지낸 적이 없나?

양치기:

아뇨---

얼른 기억이 나는 사람은 아니군요.

사자:

그럴 수 있습니다.

그러나 그가 기억하지 못하는 바를

되돌려놓겠습니다.

그가 키타이론에 머물던 때를

기억할 것으로 확신합니다.

Οἰδίπους

τὸν ἄνδρα τόνδ᾽ οὖν οἶσθα τῇδέ που μαθών;

Θεράπων

τί χρῆμα δρῶντα; ποῖον ἄνδρα καὶ λέγεις;

Οἰδίπους

τόνδ᾽ ὃς πάρεστιν· ἢ ξυναλλάξας τί πω;   1130

Θεράπων

οὐχ ὥστε γ᾽ εἰπεῖν ἐν τάχει μνήμης ἄπο.

Ἄγγελος

κοὐδέν γε θαῦμα, δέσποτ᾽· ἀλλ᾽ ἐγὼ σαφῶς

ἀγνῶτ᾽ ἀναμνήσω νιν. εὖ γὰρ οἶδ᾽ ὅτι

κάτοιδεν, ἦμος τῷ Κιθαιρῶνος τόπῳ,

두 무리의 양 떼를 가진 그와,

한 무리의 양 떼를 가진 저는   1135

삼 년 동안 봄부터 가을까지

일 년 중 절반을 함께 지냈고,

겨울이 오면 저는 제 양떼를 몰고 다시 집으로,

저 사람은 라이오스 왕의 우리로 양떼를 몰고 갔습니다.

자--- 내가 한 얘기가 맞지 않소?   1140

양치기:

맞소--- 비록 오래 전 얘기지만.

사자:

내게 양자로 기르라고

아이를 준 것 기억나죠?

양치기:

무슨 소리요? 그건 왜 묻소?

사자:

이보시게, 그때 그 아기가 여기 이분이지.   1145

ὁ μὲν διπλοῖσι ποιμνίοις, ἐγὼ δ' ἑνί,   1135

ἐπλησίαζον τῷδε τἀνδρὶ τρεῖς ὅλους

ἐξ ἦρος εἰς ἀρκτοῦρον ἐκμήνους χρόνους·

χειμῶνα δ' ἤδη τἀμά τ' εἰς ἔπαυλ' ἐγὼ

ἤλαυνον οὗτός τ' εἰς τὰ Λαΐου σταθμά.

λέγω τι τούτων ἢ οὐ λέγω πεπραγμένον;   1140

Θεράπων

λέγεις ἀληθῆ, καίπερ ἐκ μακροῦ χρόνου.

Ἄγγελος

φέρ' εἰπὲ νῦν, τότ' οἶσθα παῖδά μοί τινα

δούς, ὡς ἐμαυτῷ θρέμμα θρεψαίμην ἐγώ;

Θεράπων

τί δ' ἔστι; πρὸς τί τοῦτο τοὔπος ἱστορεῖς;

Ἄγγελος

ὅδ' ἐστίν, ὦ τᾶν, κεῖνος ὃς τότ' ἦν νέος.   1145

양치기:
이 멍청이 같으니, 입 다물지 못해!

오이디푸스:
아니, 아니야. 그를 나무라지 마오.
당신이 더 잘못하고 있네.

양치기:
왕이시여, 제가 뭘 잘못한 겁니까?

오이디푸스:
이 사람이 당신에게 물어본 그 아이에 관해   1150
당신이 대답하지 않았지.

양치기:
아무 의미도 없이 헛소리하는 것입니다.

오이디푸스:
내게 기꺼이 말해주지 않는다면,
고문을 당해 억지로 말하게 될 것이오.

Θεράπων

οὐκ εἰς ὄλεθρον; οὐ σιωπήσας ἔσει;

Οἰδίπους

ἆ, μὴ κόλαζε, πρέσβυ, τόνδ᾽, ἐπεὶ τὰ

σὰδεῖται κολαστοῦ μᾶλλον ἢ τὰ τοῦδ᾽ ἔπη.

Θεράπων

τί δ᾽, ὦ φέριστε δεσποτῶν, ἁμαρτάνω;

Οἰδίπους

οὐκ ἐννέπων τὸν παῖδ᾽ ὃν οὗτος ἱστορεῖ.   1150

Θεράπων

λέγει γὰρ εἰδὼς οὐδέν, ἀλλ᾽ ἄλλως πονεῖ.

Οἰδίπους

σὺ πρὸς χάριν μὲν οὐκ ἐρεῖς, κλαίων δ᾽ ἐρεῖς.

양치기:

오! 제발, 나 같은 늙은이를 해치지 말아주세요.

오이디푸스: (종들에게)

거기 누가, 지금 당장

그의 팔을 뒤로 비틀어 묶어버려라.

양치기:

이 불쌍한 자를 왜 이러십니까?

뭘 아시고 싶은 겁니까?   1155

오이디푸스:

당신이 이 사람에게 아이 하나를 주었지,

그가 당신에게 물어본 그 아이 말이요?

양치기:

그랬지요. 차라리 내가 그날 죽었어야 했는데!

오이디푸스:

사실대로 말하지 않으면, 죽게 될 것이오.

Θεράπων

μὴ δῆτα, πρὸς θεῶν, τὸν γέροντά μ᾽ αἰκίσῃ.

Οἰδίπους

οὐχ ὡς τάχος τις τοῦδ᾽ ἀποστρέψει χέρας;

Θεράπων

δύστηνος, ἀντὶ τοῦ; τί προσχρῄζων μαθεῖν;   1155

Οἰδίπους

τὸν παῖδ᾽ ἔδωκας τῷδ᾽ ὃν οὗτος ἱστορεῖ;

Θεράπων

ἔδωκ᾽· ὀλέσθαι δ᾽ ὤφελον τῇδ᾽ ἡμέρᾳ.

Οἰδίπους

ἀλλ᾽ εἰς τόδ᾽ ἥξεις μὴ λέγων γε τοὐνδικον.

양치기:
사실을 밝히면 저는 더 비참하게 죽을 것입니다.

오이디푸스:
더 꾸물거릴 셈이군.   1160

양치기:
아니, 아닙니다!
그 아이를 줬다고 말씀드렸는데요.

오이디푸스:
그 아이가 어디서 났소? 당신의 아이였소,
다른 사람에게서 받은 것이요?

양치기:
제 아이는 결코 아니고,
다른 사람에게서 받았습니다.

오이디푸스:
이 나라 백성 중 누구에게서? 어떤 집에서?

Θεράπων

πολλῷ γε μᾶλλον, ἢν φράσω, διόλλυμαι.

Οἰδίπους

ἁνὴρ ὅδ᾽, ὡς ἔοικεν, ἐς τριβὰς ἐλᾷ.   1160

Θεράπων

οὐ δῆτ᾽ ἔγωγ᾽, ἀλλ᾽ εἶπον, ὡς δοίην, πάλαι.

Οἰδίπους

πόθεν λαβών; οἰκεῖον ἢ 'ξ ἄλλου τινός;

Θεράπων

ἐμὸν μὲν οὐκ ἔγωγ᾽, ἐδεξάμην δέ του.

Οἰδίπους

τίνος πολιτῶν τῶνδε κἀκ ποίας στέγης;

양치기:

오, 왕이시여, 제발---제발 간청 드립니다.　　　　　　　1165
더 이상 묻지 말아주십시오.

오이디푸스:

한 번만 더 묻게 만들면, 죽여 버릴 것이다.

양치기:

라이오스 가문의 아이들 중 하나였습니다.

오이디푸스:

그 댁의 노예인가, 아니면 혈육인가?

양치기:

아, 끔찍한 말을 해야 할 지경에 왔구나.

오이디푸스:

나는 끔찍한 말을 들어야 할 지경에 왔구나.
그러나 들어야겠어.　　　　　　　　　　　　　　　1170

Θεράπων

μὴ πρὸς θεῶν, μή, δέσποθ᾽, ἱστόρει πλέον. 1165

Οἰδίπους

ὄλωλας, εἴ σε ταῦτ᾽ ἐρήσομαι πάλιν.

Θεράπων

τῶν Λαΐου τοίνυν τις ἦν γεννημάτων.

Οἰδίπους

ἢ δοῦλος ἢ κείνου τις ἐγγενὴς γεγώς;

Θεράπων

οἴμοι, πρὸς αὐτῷ γ᾽ εἰμὶ τῷ δεινῷ λέγειν.

Οἰδίπους

κἄγωγ᾽ ἀκούειν· ἀλλ᾽ ὅμως ἀκουστέον. 1170

양치기:

그 아이는 라이오스 왕의 아이라고 전해집니다.
그런데 사실 여부는 안에 계신 그분 왕비님께서
제일 잘 말씀드릴 수 있을 것입니다.

오이디푸스:

그녀가 당신에게 아이를 줬나?

양치기:

예, 왕이시여.

오이디푸스:

그 아이를 어떻게 하라고?

양치기:

없애라는 거였습니다.

오이디푸스:

아이의 엄마가 어떻게 그런 끔찍한 짓을?   1175

Θεράπων

κείνου γέ τοι δὴ παῖς ἐκλήζεθ᾽· ἡ δ᾽ ἔσω

κάλλιστ᾽ ἂν εἴποι σὴ γυνὴ τάδ᾽ ὡς ἔχει.

Οἰδίπους

ἦ γὰρ δίδωσιν ἥδε σοι;

Θεράπων

μάλιστ᾽, ἄναξ.

Οἰδίπους

ὡς πρὸς τί χρείας;

Θεράπων

ὡς ἀναλώσαιμί νιν.

Οἰδίπους

τεκοῦσα τλήμων;   1175

양치기:

그랬습니다. 불길한 신탁 때문이지요.

오이디푸스:

무슨?

양치기:

신탁에 의하면 그 아이가

자신의 아버지를 죽인다는 겁니다.

오이디푸스:

그럼, 어쩌다 그 아이를 이 노인에게 주게 되었나?

양치기:

불쌍해서 그랬습니다.

이 사람이 다른 나라 사람이었으니까.

그렇게 다른 나라로 보낼 수 있다고 생각했는데,

그가 아이를 살린 게 끔찍한 일이 된 셈이군요.   1180

왕께서, 그가 살린 그 아이라면,

불행을 타고 나신 셈이군요.

Θεράπων

θεσφάτων γ᾽ ὄκνῳ κακῶν.

Οἰδίπους

ποίων;

Θεράπων

κτενεῖν νιν τοὺς τεκόντας ἦν λόγος.

Οἰδίπους

πῶς δῆτ᾽ ἀφῆκας τῷ γέροντι τῷδε σύ;

Θεράπων

κατοικτίσας, ὦ δέσποθ᾽, ὡς ἄλλην χθόνα

δοκῶν ἀποίσειν, αὐτὸς ἔνθεν ἦν· ὁ δὲ

κάκ᾽ εἰς μέγιστ᾽ ἔσωσεν. εἰ γὰρ οὗτος εἶ   1180

ὅν φησιν οὗτος, ἴσθι δύσποτμος γεγώς.

오이디푸스:

오--, 올 것이 왔구나.

모든 것이 분명해졌구나!

햇빛이여, 오늘 이후로

내가 너를 더 이상 보지 못하리!

태어나지 말아야 할 곳에서 태어났고

함께 하면 안 될 이와 함께 하고

살해해서는 안 될 이들을 살해한 자,

이게 바로 나였구나.   1185

(코로스 외 모두 퇴장)

코로스:

오, 필멸의 인간들이여,

삶이란 그림자일 뿐이라오.

세상 어떤 이도 잠시 머물다 사라질

허황된 행운 그 이상을 얻지 못할지니!   1190

오이디푸스 왕이 바로 그 전형이라,

오이디푸스 왕의 운명을 보니,

오, 불운하도다.

앞으로 나는

Οἰδίπους

ἰοὺ ἰού· τὰ πάντ᾽ ἂν ἐξήκοι σαφῆ.

ὦ φῶς, τελευταῖόν σε προσβλέψαιμι νῦν,

ὅστις πέφασμαι φύς τ᾽ ἀφ᾽ ὧν οὐ χρῆν, ξὺν οἷς τ᾽

οὐ χρῆν ὁμιλῶν, οὕς τέ μ᾽ οὐκ ἔδει κτανών.   1185

Χορός

ἰὼ γενεαὶ βροτῶν,

ὡς ὑμᾶς ἴσα καὶ τὸ μηδὲν

ζώσας ἐναριθμῶ.

τίς γάρ, τίς ἀνὴρ πλέον

τᾶς εὐδαιμονίας φέρει   1190

ἢ τοσοῦτον ὅσον δοκεῖν

καὶ δόξαντ᾽ ἀποκλῖναι;

τὸν σόν τοι παράδειγμ᾽ ἔχων,

τὸν σὸν δαίμονα, τὸν σόν,

ὦ τλᾶμον Οἰδιπόδα, βροτῶν

세상 어떤 이도 행복하다 일컫지 않으리이다.   1195

오호라,

오이디푸스는 다른 어떤 이들보다

뛰어나게 활을 쏘아

엄청난 복을 상으로 얻었나니,

괴상한 수수께끼로 이 땅을 괴롭히던   1200

사자 발톱의 요녀 스핑크스를 물리치고,

죽어가던 이 나라를 구원하셨도다.

그리하여 그는 우리의 왕이라 불렸고,

영광 중에 영광스러운 분이 되셨으며,

위대한 테바이에서 우리를 다스리셨도다.

하지만 어느 인생이 이보다 더 비참할까?

사악한 파멸의 아떼에 빠져,   1205

위대한 권좌에서 고통의 나락으로

떨어진 자 그 누구인가?

오, 그 이름 높았던 오이디푸스 왕이로다!

넉넉한 항구인 모태가

아들과 아버지를 신랑으로 맞았도다.

οὐδὲν μακαρίζω: 1195

ὅστις καθ᾽ ὑπερβολὰν
1200τοξεύσας ἐκράτησε τοῦ
πάντ᾽ εὐδαίμονος ὄλβου,
ὦ Ζεῦ, κατὰ μὲν φθίσας
τὰν γαμψώνυχα παρθένον
χρησμῳδόν, θανάτων δ᾽ ἐμᾷ 1200
χώρᾳ πύργος ἀνέστα:
ἐξ οὗ καὶ βασιλεὺς καλεῖ
ἐμὸς καὶ τὰ μέγιστ᾽ ἐτιμάθης, ταῖς μεγάλαισιν ἐν
Θήβαισιν ἀνάσσων.

τανῦν δ᾽ ἀκούειν τίς ἀθλιώτερος;
τίς ἄταις ἀγρίαις, τίς ἐν πόνοις 1205
ξύνοικος ἀλλαγᾷ βίου;
ἰὼ κλεινὸν Οἰδίπου κάρα,
ᾗ στέγας λιμὴν αὐτὸς ἤρκεσεν
παιδὶ καὶ πατρὶ
θαλαμηπόλῳ πεσεῖν;

아니, 어찌 그대를 길러낸   1210

그 아버지의 밭이

여태껏 침묵할 수 있었단 말인가?

모든 것을 아는 시간이

마지못해 모두 드러내고야 말았네.

당신의 혼인을 저주 받았다 하는구려,

아버지와 아들이 그 안에 하나로 있으니.

오! 라이오스 왕의 아들이여,

내가 당신을 보지 말았어야 했는데!

당신을 위해 애통하며 만가를 부르는도다.

우리에게 새 생명을 선사한 이가

당신이지만, 이젠 어두움만 남았구려.

(두 번째 사자 등장)

두 번째 사자:

이 나라에서 가장 영예로우신 분들이여,

진정한 테바이인이며,

라이오스 가문의 충성된 여러분들에게

듣기에도, 보기에도, 너무나 끔찍한   1225

이런 큰 슬픔을 전해야 하다니!

πῶς ποτε πῶς ποθ᾽ αἱ πατρῷαί   1210

σ᾽ ἄλοκες φέρειν, τάλας,

σῖγ᾽ ἐδυνάθησαν ἐς τοσόνδε;

ἐφηῦρέ σ᾽ ἄκονθ᾽ ὁ πάνθ᾽ ὁρῶν χρόνος,

δικάζει τ᾽ ἄγαμον γάμον πάλαι

τεκνοῦντα καὶ τεκνούμενον.   1215

ἰώ, Λάϊειον ὦ τέκνον,

εἴθε σ᾽ εἴθε σε

μήποτ᾽ εἰδόμαν.

δύρομαι γὰρ ὥσπερ

ἰάλεμον χέων

ἐκ στομάτων. τὸ δ᾽ ὀρθὸν   1220

εἰπεῖν, ἀνέπνευσά τ᾽ ἐκ σέθεν

καὶ κατεκοίμασα τοὐμὸν ὄμμα.

Ἐξάγγελος

ὦ γῆς μέγιστα τῆσδ᾽ ἀεὶ τιμώμενοι,

οἷ᾽, ἔργ᾽ ἀκούσεσθ᾽, οἷα δ᾽ εἰσόψεσθ᾽, ὅσον δ᾽

ἀρεῖσθε πένθος, εἴπερ ἐγγενῶς ἔτι   1225

τῶν Λαβδακείων ἐνιμέπεσθε δωμάτων.

파시스강, 이스트로스강도

이 댁을 깨끗이 씻을 수 없을 것입니다.

이 집에 숨겨진 모든 끔찍한 악은

곧 빛 가운데 드러날 텐데,

계획적으로 저질러진 악행도 역시

그럴 것입니다.

가장 참담한 불행은

스스로 선택한 악행이지요.

코로스:

이미 알고 있던 슬픔보다 더 비참한 것이라니

또 무슨 일인가?

두 번째 사자:

간단히 말씀드리자면,   1235

우리의 고귀한 이오카스테 왕비께서

돌아가셨습니다.

코로스:

오, 정녕 불행이로다! 그런데 어떻게?

οἶμαι γὰρ οὔτ' ἂν Ἴστρον οὔτε Φᾶσιν ἂν

νίψαι καθαρμῷ τήνδε τὴν στέγην, ὅσα

κεύθει, τὰ δ' αὐτίκ' εἰς τὸ φῶς φανεῖ κακὰ

ἑκόντα κοὐκ ἄκοντα. τῶν δὲ πημονῶν   1230

μάλιστα λυποῦσ' αἳ φανῶσ' αὐθαίρετοι.

Χορός

λείπει μὲν οὐδ' ἃ πρόσθεν εἴδομεν τὸ μὴ οὐ

βαρύστον' εἶναι: πρὸς δ' ἐκείνοισιν τί φής;

Ἐξάγγελος

ὁ μὲν τάχιστος τῶν λόγων εἰπεῖν τε καὶ

μαθεῖν, τέθνηκε θεῖον Ἰοκάστης κάρα.   1235

Χορός

ὦ δυστάλαινα, πρὸς τίνος ποτ' αἰτίας;

두 번째 사자:

자결하셨습니다.

여러분은 그 광경을 못 보셨기에,

가장 처절한 고통은 못 느끼시겠습니다만,

제가 기억나는 대로

불운하신 왕비님의 최후를   1240

말씀드리죠.

그분은 미친 듯이 현관으로 들어오셨습니다.

그러더니 침실로 들어가

두 손으로 머리를 쥐어뜯고,

오래 전에 돌아가신 라이오스 왕에게

울부짖었습니다.   1245

오래 전에 태어난 그 아이가

자신의 손으로 부친을 죽이고,

자신의 어머니로 하여금 자기의 자식을 낳게 한

저주를 생각하며 말입니다.

그리고는 남편에 의해 남편을 낳고,

자식을 통해 자식을 낳은,

이중의 출산을 한

결혼 침상을 통탄하셨습니다.   1250

Ἐξάγγελος

αὐτὴ πρὸς αὑτῆς. τῶν δὲ πραχθέντων τὰ μὲν

ἄλγιστ᾽ ἄπεστιν· ἡ γὰρ ὄψις οὐ πάρα.

ὅμως δ᾽, ὅσον γε κἀν ἐμοὶ μνήμης ἔνι,

πεύσει τὰ κείνης ἀθλίας παθήματα.   1240

ὅπως γὰρ ὀργῇ χρωμένη παρῆλθ᾽ ἔσω

θυρῶνος, ἵετ᾽ εὐθὺ πρὸς τὰ νυμφικὰ

λέχη, κόμην σπῶσ᾽ ἀμφιδεξίοις ἀκμαῖς.

πύλας δ᾽, ὅπως εἰσῆλθ᾽, ἐπιρράξασ᾽ ἔσω

καλεῖ τὸν ἤδη Λάϊον πάλαι νεκρόν,   1245

μνήμην παλαιῶν σπερμάτων ἔχουσ᾽, ὑφ᾽ ὧν

θάνοι μὲν αὐτός, τὴν δὲ τίκτουσαν λίποι

τοῖς οἷσιν αὐτοῦ δύστεκνον παιδουργίαν.

γοᾶτο δ᾽ εὐνάς, ἔνθα δύστηνος διπλοῦς

ἐξ ἀνδρὸς ἄνδρα καὶ τέκν᾽ ἐκ τέκνων τέκοι.   1250

그 이후 그분이 어떻게 돌아가셨는지는 못 보았답니다.

왜냐면 그때 오이디푸스 왕께서 고함을 치면서

갑자기 나타나셔서 미친 듯이 돌아다니셨기 때문이지요.

칼을 달라고 하시며, 아내가 나의 아내가 아니며,

내가 태어난 곳, 내 어머니의 자궁에

내 자식의 씨를 뿌린 것이 드러났도다,   1255

하고 울부짖었죠.

그리고 어떤 영적인 힘이 잡아끄는 것처럼

막 돌아다니셨고,

우리들은 아무도 가까이 갈 수 없었죠.

무섭게 고함을 치면서, 보이지 않는 힘에 끌려   1260

문으로 돌진해 빗장을 걷어내시고,

안으로 뛰어 들어가셨죠.

그런데 바로 거기에 왕비님께서

밧줄로 목이 감긴 채 매달려 계신 겁니다.

그것을 보자 왕께서 무섭게 울부짖으며

올가미의 밧줄을 푸셨습니다.   1265

그리고 불쌍하신 왕비님을 바닥에 누이시고,

그 다음 일은 차마 끔찍해서 볼 수 없을 지경이었죠.

χὤπως μὲν ἐκ τῶνδ' οὐκέτ' οἶδ' ἀπόλλυται·

βοῶν γὰρ εἰσέπαισεν Οἰδίπους, ὑφ' οὗ

οὐκ ἦν τὸ κείνης ἐκθεάσασθαι κακόν,

ἀλλ' εἰς ἐκεῖνον περιπολοῦντ' ἐλεύσσομεν.

φοιτᾷ γὰρ ἡμᾶς ἔγχος ἐξαιτῶν πορεῖν,   1255

γυναῖκά τ' οὐ γυναῖκα, μητρῴαν δ' ὅπου

κίχοι διπλῆν ἄρουραν οὗ τε καὶ τέκνων.

λυσσῶντι δ' αὐτῷ δαιμόνων δείκνυσί τις·

οὐδεὶς γὰρ ἀνδρῶν, οἳ παρῆμεν ἐγγύθεν.

δεινὸν δ' ἀύσας ὡς ὑφηγητοῦ τινος   1260

πύλαις διπλαῖς ἐνήλατ', ἐκ δὲ πυθμένων

ἔκλινε κοῖλα κλῇθρα κἀμπίπτει στέγῃ.

οὗ δὴ κρεμαστὴν τὴν γυναῖκ' ἐσείδομεν,

πλεκταῖσιν αἰώραισιν ἐμπεπλεγμένην.

ὁ δ' ὡς ὁρᾷ νιν, δεινὰ βρυχηθεὶς τάλας   1265

χαλᾷ κρεμαστὴν ἀρτάνην. ἐπεὶ δὲ γῇ

ἔκειτο τλήμων, δεινὰ δ' ἦν τἀνθένδ' ὁρᾶν.

왕비님이 하고 계시던 금 브로치를 떼어내서는,
번쩍 들어 올리시더니 갑자기 자신의 눈을 찌르며
이렇게 외치셨죠.   1270
내가 겪고, 행했던 끔찍한 일들을
내 두 눈은 다시 못 볼지어다.
보지 말아야 했던 것은 이제 어둠 속에 묻힐지어다.
알고자 갈망했던 것도 영원한 망각 속에 묻힐지어다.
그렇게 저주하시면서
브로치로 눈을 찌르고 또 찔렀습니다.   1275
그러자 눈에서 흘러나온 피가 수염을 적셨습니다.
한두 방울씩이 아니라,
검붉은 피가
비처럼 흘러내렸습니다.

그렇게 일이, 한 분에게만 아니라,   1280
재난이 두 내외분께 겹쳐 일어났습니다.
지난날엔 정말 복을 누렸지만,
오늘은, 탄식과 파멸, 죽음과 치욕,
저주라 불릴 수 있는 모든 것들이
빠짐없이 일어났습니다.   1285

ἀποσπάσας γὰρ εἱμάτων χρυσηλάτους

περόνας ἀπ᾽ αὐτῆς, αἷσιν ἐξεστέλλετο,

ἄρας ἔπαισεν ἄρθρα τῶν αὑτοῦ κύκλων,   1270

αὐδῶν τοιαῦθ᾽, ὁθούνεκ᾽ οὐκ ὄψοιντό νιν

οὔθ᾽ οἷ᾽ ἔπασχεν οὔθ᾽ ὁποῖ᾽ ἔδρα κακά,

ἀλλ᾽ ἐν σκότῳ τὸ λοιπὸν οὓς μὲν οὐκ ἔδει

ὀψοίαθ᾽, οὓς δ᾽ ἔχρῃζεν οὐ γνωσοίατο.

τοιαῦτ᾽ ἐφυμνῶν πολλάκις τε κοὐχ ἅπαξ   1275

ἤρασσ᾽ ἐπαίρων βλέφαρα. φοίνιαι δ᾽ ὁμοῦ

γλῆναι γένει᾽ ἔτελλον, οὐδ᾽ ἀνίεσαν

φόνου μυδώσας σταγόνας, ἀλλ᾽ ὁμοῦ μέλας

ὄμβρος χαλάζης αἱματοῦς ἐτέγγετο.

τάδ᾽ ἐκ δυοῖν ἔρρωγεν, οὐ μόνου κάτα,   1280

ἀλλ᾽ ἀνδρὶ καὶ γυναικὶ συμμιγῆ κακά.

ὁ πρὶν παλαιὸς δ᾽ ὄλβος ἦν πάροιθε μὲν

ὄλβος δικαίως· νῦν δὲ τῇδε θἠμέρᾳ

στεναγμός, ἄτη, θάνατος, αἰσχύνη, κακῶν

ὅσ᾽ ἐστὶ πάντων ὀνόματ᾽, οὐδέν ἐστ᾽ ἀπόν.   1285

코로스:

왕께서 지금은 좀 진정이 되셨는가?

두 번째 사자:

왕께서 이렇게 소리치시는군요.

문을 열어 모든 테바이 사람들이 보도록 하라.

아버지를 살해한 자,

어머니를 ---,

차마 입에 올릴 수 없군요.

너무 불경스런 말이라.

그리고는 자신이 퍼부은 저주가

이 집에 내리지 않도록   1290

스스로 이 땅을 떠나시려 하십니다.

그러나 기력도 없으시고, 인도해줄 사람도 필요하죠.

왜냐면 상처와 고통이 감당할 수 없을 정도니까요.

곧 아시게 될 겁니다. 빗장이 열리는군요.

곧 공포스럽지만 연민을

일으키는 광경을 보시게 될 겁니다.   1295

(피가 흐르는 채, 눈 먼 오이디푸스 등장)

Χορός

νῦν δ᾽ ἔσθ᾽ ὁ τλήμων ἐν τίνι σχολῇ κακοῦ;

Ἐξάγγελος

βοᾷ διοίγειν κλῇθρα καὶ δηλοῦν τινα

τοῖς πᾶσι Καδμείοισι τὸν πατροκτόνον,

τὸν μητέρ᾽ – αὐδῶν ἀνόσι᾽ οὐδὲ ῥητά μοι,

ὡς ἐκ χθονὸς ῥίψων ἑαυτὸν οὐδ᾽ ἔτι   1290

μενῶν δόμοις ἀραῖος, ὡς ἠράσατο.

ῥώμης γε μέντοι καὶ προηγητοῦ τινος

δεῖται· τὸ γὰρ νόσημα μεῖζον ἢ φέρειν.

δείξει δὲ καὶ σοί· κλῇθρα γὰρ πυλῶν τάδε

διοίγεται· θέαμα δ᾽ εἰσόψει τάχα   1295

τοιοῦτον οἷον καὶ στυγοῦντ᾽ ἐποικτίσαι.

코로스:

차마 눈 뜨고 볼 수 없는 광경이구나!

이보다 더 끔찍할 수 있을까!

불쌍한 분, 이 무슨 광기란 말입니까!   1300

도대체 어떤 악령이 당신에게 덮쳐

이토록 감당치 못할 불운을 안겼나이까?

오, 불행하신 분, 당신에게 묻고,

살펴보고, 알고 싶은 것들이 너무 많지만,

감히 쳐다볼 수도 없군요.   1305

당신의 모습에 소름이 끼칩니다.

오이디푸스:

아, 아, 비참하도다.

이 불행한 자, 지금 어디를 헤매는가!

바람에 날리는 내 목소리는

어디를 떠돌고 있는가?   1310

오, 나의 운명이여, 어디로 치달았는가?

Χορός

ὦ δεινὸν ἰδεῖν πάθος ἀνθρώποις,

ὦ δεινότατον πάντων ὅσ᾽ ἐγὼ

προσέκυρσ᾽ ἤδη. τίς σ᾽, ὦ τλῆμον,

προσέβη μανία; τίς ὁ πηδήσας   1300

μείζονα δαίμων τῶν μακίστων

πρὸς σῇ δυσδαίμονι μοίρᾳ;

φεῦ φεῦ, δύσταν᾽· ἀλλ᾽ οὐδ᾽ ἐσιδεῖν

δύναμαί σε, θέλων πόλλ᾽ ἀνερέσθαι,

πολλὰ πυθέσθαι, πολλὰ δ᾽ ἀθρῆσαι·   1305

τοίαν φρίκην παρέχεις μοι.

Οἰδίπους

αἰαῖ αἰαῖ,

δύστανος ἐγώ,

ποῖ γᾶς φέρομαι τλάμων; πᾷ μοι

φθογγὰ διαπωτᾶται φοράδην;   1310

ἰὼ δαῖμον, ἵν᾽ ἐξήλλου.

코로스:

이전에 아무도 들은 적 없고,

아무도 본 적 없는 끔찍한 곳으로….

오이디푸스:

사악한 광풍에 실려온

끔찍한 흑암의 먹구름,

형언할 수 없이 잔인무도한 불청객이

날벼락같이 나를 몰아쳤도다!   1315

아, 아, 이 아픔이여,

찌르는 듯한 고통과 사악한 기억이

다시 나를 덮치는구나!

코로스:

그 같은 불행 속에서

슬픔과 아픔의 무게는

당연히 두 배로 느껴지지요.   1320

Χορός

ἐς δεινὸν οὐδ᾽ ἀκουστὸν οὐδ᾽ ἐπόψιμον.

Οἰδίπους

ἰὼ σκότου

νέφος ἐμὸν ἀπότροπον, ἐπιπλόμενον ἄφατον,

ἀδάματόν τε καὶ δυσούριστον ὄν.   1315

οἴμοι,

οἴμοι μάλ᾽ αὖθις· οἷον εἰσέδυ μ᾽ ἅμα

κέντρων τε τῶνδ᾽ οἴστρημα καὶ μνήμη κακῶν.

Χορός

καὶ θαῦμά γ᾽ οὐδὲν ἐν τοσοῖσδε πήμασιν

διπλᾶ σε πενθεῖν καὶ διπλᾶ φορεῖν κακά.   1320

오이디푸스:

오, 친구여,

변치 않는 나의 동행자,

그대는 여전히 이 장님을 돌보아주고 있구려.

아, 아,

내 어찌 그대를 몰라보겠소.

내 비록 흑암 속에 있어도   1325

그대의 목소리는 또렷이 분별할 수 있소.

코로스:

끔찍한 일을 자행하신 분이여, 어떻게 자신의 눈을

이렇게까지 상하게 하십니까?

도대체 어떤 악령이 이렇게 종용했습니까?

오이디푸스:

친구들이여, 그건 아폴론이지요. 아폴론이

더할 수 없는 쓰라린 아픔과 슬픔을

내게 가져 왔소.   1330

그러나 내 눈을 찌른 것은

비참한 나의 손이었소.

Οἰδίπους

ἰὼ φίλος,

σὺ μὲν ἐμὸς ἐπίπολος ἔτι μόνιμος· ἔτι γὰρ

ὑπομένεις με τὸν τυφλὸν κηδεύων.

φεῦ φεῦ.

οὐ γάρ με λήθεις, ἀλλὰ γιγνώσκω σαφῶς,   1325

καίπερ σκοτεινός, τήν γε σὴν αὐδὴν ὅμως.

Χορός

ὦ δεινὰ δράσας, πῶς ἔτλης τοιαῦτα σὰς

ὄψεις μαρᾶναι; τίς σ᾽ ἐπῆρε δαιμόνων;

Οἰδίπους

Ἀπόλλων τάδ᾽ ἦν, Ἀπόλλων, φίλοι,

ὁ κακὰ κακὰ τελῶν ἐμὰ τάδ᾽ ἐμὰ πάθεα.   1330

ἔπαισε δ᾽ αὐτόχειρ νιν οὔτις,

ἀλλ᾽ ἐγὼ τλάμων.

이제 더 이상 좋은 꼴 볼 일 없으니,

눈이 무슨 소용 있겠소?   1335

코로스:

과연 그렇습니다.

오이디푸스:

무엇이 보고 싶고, 무엇이 사랑스러우며,

어떤 인사가 내 귀에 기쁘게 들리겠소?

저 먼 곳으로 서둘러 나를 데려다주시오.   1340

친구들이여, 가장 비참하며,

가장 저주 받고,

세상에서 신에게 가장 미움 받는 자를

어서 데려가주시오!   1345

코로스:

타고난 불운,

그리고 그것에 대한

자신의 지식 때문에 파멸한 자!

차라리 당신을 몰랐더라면 좋았을 텐데!

τί γὰρ ἔδει μ᾽ ὁρᾶν,

ὅτῳ γ᾽ ὁρῶντι μηδὲν ἦν ἰδεῖν γλυκύ;   1335

Χορός

ἦν τᾷδ᾽ ὅπωσπερ καὶ σύ φῄς.

Οἰδίπους

τί δῆτ᾽ ἐμοὶ βλεπτὸν ἢ

στερκτὸν ἢ προσήγορον

ἔτ᾽ ἔστ᾽ ἀκούειν ἡδονᾷ φίλοι;

ἀπάγετ᾽ ἐκτόπιον ὅ τι τάχιστά με,   1340

ἀπάγετ᾽, ὦ φίλοι, τὸν μέγ᾽ ὀλέθριον

τὸν καταρατότατον, ἔτι δὲ καὶ θεοῖς   1345

ἐχθρότατον βροτῶν.

Χορός

δείλαιε τοῦ νοῦ τῆς τε συμφορᾶς ἴσον,

ὡς σ᾽ ἠθέλησα μηδέ γ᾽ ἂν γνῶναί ποτε.

오이디푸스:

그 옛날,

내 다리에서 잔인한 족쇄를 풀어준   1350

그 사람에게 저주가 있을지어다!

그가 나를 죽음에서 건진 것은

결코 자비로운 일이 아니지.

내가 그때 죽었더라면

친구들과 나 자신에게

이런 고통은 없었을 텐데.   1355

코로스:

그러게 말입니다.

오이디푸스:

그랬으면 내가 아버지를 죽인 자,

어머니와 결혼한 자라는 소리는 듣지 않았을 텐데.

이제 나는 불경한 자요,

더럽혀진 여인의 아들이요,   1360

이 비참한 나를 잉태시킨

내 아버지의 침상을 차지한 자로다.

Οἰδίπους

ὄλοιθ᾽ ὅστις ἦν, ὃς ἀγρίας πέδας

1355μονάδ᾽ ἐπιποδίας ἔλυσ᾽ μ᾽ ἀπό τε φόνου   1350

ἔρυτο κἀνέσωσεν,

οὐδὲν εἰς χάριν πράσσων.

τότε γὰρ ἂν θανὼν

οὐκ ἦ φίλοισιν οὐδ᾽ ἐμοὶ τοσόνδ᾽ ἄχος.   1355

Χορός

θέλοντι κἀμοὶ τοῦτ᾽ ἂν ἦν.

Οἰδίπους

οὔκουν πατρός γ᾽ ἂν φονεὺς

ἦλθον οὐδὲ νυμφίος

βροτοῖς ἐκλήθην ὧν ἔφυν ἄπο.

νῦν δ᾽ ἄθεος μέν εἰμ᾽, ἀνοσίων δὲ παῖς,   1360

ὁμολεχὴς δ᾽ ἀφ᾽ ὧν αὐτὸς ἔφυν τάλας.

참담한 중에 더 참담한 것이 있다면,
오이디푸스의 운명이 그러하도다.   1365

코로스:

사려 깊은 선택을 하셨다고
말씀드릴 수는 없겠군요.
장님으로 사는 것보다 차라리 죽는 게
더 나을지도 모릅니다.

오이디푸스:

이렇게 하는 게 최선이 아니란 말은 마시오.
더 이상 충고하지 마시오.
멀쩡한 눈으로 죽어 저 세상에 가면,
아버지와 그 불쌍한 어머니를 뵐 수 있겠소?
목매는 것보다 더 큰 벌 받을 짓을
두 분에게 저질렀는데.

또 내 자식이라고 그렇게 태어난
그 아이들을 내가 보고 싶겠소?   1375
아니, 결코 그렇지 않지.

εἰ δέ τι πρεσβύτερον ἔτι κακοῦ κακόν,   1365

τοῦτ᾽ ἔλαχ᾽ Οἰδίπους.

Χορός

οὐκ οἶδ᾽ ὅπως σε φῶ βεβουλεῦσθαι καλῶς·

κρείσσων γὰρ ἦσθα μηκέτ᾽ ὢν ἢ ζῶν τυφλός.

Οἰδίπους

ὡς μὲν τάδ᾽ οὐχ ὧδ᾽ ἔστ᾽ ἄριστ᾽ εἰργασμένα,

μή μ᾽ ἐκδίδασκε, μηδὲ συμβούλευ᾽ ἔτι.   1370

ἐγὼ γὰρ οὐκ οἶδ᾽ ὄμμασιν ποίοις βλέπων

πατέρα ποτ᾽ ἂν προσεῖδον εἰς Ἅιδου μολὼν

οὐδ᾽ αὖ τάλαιναν μητέρ᾽, οἷν ἐμοὶ δυοῖν

ἔργ᾽ ἐστὶ κρείσσον᾽ ἀγχόνης εἰργασμένα.

ἀλλ᾽ ἡ τέκνων δῆτ᾽ ὄψις ἦν ἐφίμερος,   1375

βλαστοῦσ᾽ ὅπως ἔβλαστε, προσλεύσσειν ἐμοί;

이 나라와 성벽과 신상도 보고 싶지 않소이다.

한때 이 나라에서 가장 고귀했으나

지금은 가장 비참한 자가 된 내가,

라이오스 왕의 살해자를 색출하여,

그가 누구든 간에, 왕의 혈족이라도,   1380

그 부정한 자를 추방하리라 선포했을 때,

내 스스로 그 모든 것을 빼앗긴 것이지요.

그 씻을 수 없는 죄를 지은 내가

어떻게 눈을 뜨고 내 백성을 볼 수 있겠소?   1385

그럴 수는 없지.

이 귀도 듣지 못하게 할 방법이 있었다면,

내 손으로 더러운 몸뚱이를 완벽하게 가두었을 텐데,

아무것도 듣지도 보지도 못하게 말이오.

악하고 더러운 생각에서 벗어나 살며,

우리의 영혼을 지키는 것이 유익이라오.   1390

키타이론 산이여, 왜 나를 받아들였는가?

왜 나를 받았을 때 곧장 죽이지 않았는가?

그랬다면 사람들에게

나의 출생에 대해 드러내지 않았을 텐데.

οὐ δῆτα τοῖς γ' ἐμοῖσιν ὀφθαλμοῖς ποτε:

οὐδ' ἄστυ γ' οὐδὲ πύργος οὐδὲ δαιμόνων

ἀγάλμαθ' ἱερά, τῶν ὁ παντλήμων ἐγὼ

κάλλιστ' ἀνὴρ εἷς ἔν γε ταῖς Θήβαις τραφεὶς   1380

ἀπεστέρησ' ἐμαυτόν, αὐτὸς ἐννέπων

ὠθεῖν ἅπαντας τὸν ἀσεβῆ, τὸν ἐκ θεῶν

φανέντ' ἄναγνον καὶ γένους τοῦ Λαΐου.

τοιάνδ' ἐγὼ κηλῖδα μηνύσας ἐμὴν

ὀρθοῖς ἔμελλον ὄμμασιν τούτους ὁρᾶν;   1385

ἥκιστά γ': ἀλλ' εἰ τῆς ἀκουούσης ἔτ' ἦν

πηγῆς δι' ὤτων φραγμός, οὐκ ἂν ἐσχόμην

τὸ μὴ ἀποκλῇσαι τοὐμὸν ἄθλιον δέμας,

ἵν' ἦ τυφλός τε καὶ κλύων μηδέν: τὸ γὰρ

τὴν φροντίδ' ἔξω τῶν κακῶν οἰκεῖν γλυκύ.   1390

ἰὼ Κιθαιρών, τί μ' ἐδέχου; τί μ' οὐ λαβὼν

ἔκτεινας εὐθύς, ὡς ἔδειξα μήποτε

ἐμαυτὸν ἀνθρώποισιν ἔνθεν ἦ γεγώς;

오 폴뤼보스 왕이여, 코린토스여, 그리고

한때 나의 조상의 집이라고 불렀던 집이여,   1395

그 속에서 보기에 아름다운 추악함이 자랐구나!

이제 나는 죄인이라는 것과

죄인들의 아들이라는 것이 드러났도다.

깊은 숲속의 세 길, 우거진 나무,

삼거리 좁은 교차로,

내 손으로 뿌린 내 아버지의 피를 마신 너희들은

아직 기억하고 있는가.   1400

너희들이 지켜보는 가운데 내가 무슨 짓을 했는지?

그리고 내가 여기 와서 무슨 짓을 했는지?

오, 결혼, 결혼!

그 결혼은 나를 낳고, 나의 씨를 통해,

자식의 자식을 낳게 되었고,

아버지와 형제, 아들, 그리고

신부, 아내, 어머니의 근친관계를 맺고,   1405

세상에서 가장 추악한 치욕을 안겼도다!

합당치 못한 행위는

입에 담아서도 안 되는 법.

ὦ Πόλυβε καὶ Κόρινθε καὶ τὰ πάτρια

λόγῳ παλαιὰ δώμαθ᾽, οἷον ἄρά με   1395

κάλλος κακῶν ὕπουλον ἐξεθρέψατε·

νῦν γὰρ κακός τ᾽ ὢν κἀκ κακῶν εὑρίσκομαι.

ὦ τρεῖς κέλευθοι καὶ κεκρυμμένη νάπη

δρυμός τε καὶ στενωπὸς ἐν τριπλαῖς ὁδοῖς,

αἳ τοὐμὸν αἷμα τῶν ἐμῶν χειρῶν ἄπο   1400

ἐπίετε πατρός, ἆρά μου μέμνησθ᾽ ἔτι

οἷ᾽ ἔργα δράσας ὑμὶν εἶτα δεῦρ᾽ ἰὼν

ὁποῖ᾽ ἔπρασσον αὖθις; ὦ γάμοι γάμοι,

ἐφύσαθ᾽ ἡμᾶς, καὶ φυτεύσαντες πάλιν

ἀνεῖτε ταὐτοῦ σπέρμα, κἀπεδείξατε   1405

πατέρας, ἀδελφούς, παῖδας, αἷμ᾽ ἐμφύλιον,

νύμφας, γυναῖκας μητέρας τε, χὠπόσα

αἴσχιστ᾽ ἐν ἀνθρώποισιν ἔργα γίγνεται.

자, 신의 이름으로 부탁하노니,   1410

어서 나를 이 나라 밖으로 숨겨주오.

아니면, 죽이거나 바다에 던져 넣어,

영원히 보이지 않게 해주오.

어서 와서 이 불쌍한 자를 좀 붙잡아주오. 어서,

그대들은 두려워할 것 없다오.

오직 나 밖에는

이런 저주 받은 운명을 타고난 자 없으니.   1415

코로스:

때마침 크레온 경께서 오시는군요.

그는 왕께서 요청하시는 바를 행하거나

도움을 드릴 수 있는 분이죠.

왕을 대신해서 이 나라를 다스릴 유일한 분이시니.

오이디푸스:

오, 그에게 뭐라고 말하지?

어떻게 그에게 나를 믿어달라고 하겠소?

전에 내가 그에게 퍼부은 말들이   1420

완전히 엉터리라는 것이 드러났는데.

ἀλλ᾽ οὐ γὰρ αὐδᾶν ἔσθ᾽ ἃ μηδὲ δρᾶν καλόν,

ὅπως τάχιστα πρὸς θεῶν ἔξω μέ που   1410

καλύψατ᾽ ἢ φονεύσατ᾽ ἢ θαλάσσιον

ἐκρίψατ᾽, ἔνθα μήποτ᾽ εἰσόψεσθ᾽ ἔτι.

ἴτ᾽, ἀξιώσατ᾽ ἀνδρὸς ἀθλίου θιγεῖν.

πίθεσθε, μὴ δείσητε· τἀμὰ γὰρ κακὰ

οὐδεὶς οἷός τε πλὴν ἐμοῦ φέρειν βροτῶν.   1415

Χορός

ἀλλ᾽ ὧν ἐπαιτεῖς εἰς δέον πάρεσθ᾽ ὅδε

Κρέων τὸ πράσσειν καὶ τὸ βουλεύειν, ἐπεὶ

χώρας λέλειπται μοῦνος ἀντὶ σοῦ φύλαξ.

Οἰδίπους

οἴμοι, τί δῆτα λέξομεν πρὸς τόνδ᾽ ἔπος;

τίς μοι φανεῖται πίστις ἔνδικος; τὰ γὰρ   1420

πάρος πρὸς αὐτὸν πάντ᾽ ἐφεύρημαι κακός.

(크레온 등장)

크레온:
오이디푸스 왕이시여, 제가 여기 온 것은
과거의 잘못을 가지고 당신을 조롱하거나,
비난하기 위해서가 아닙니다.

(옆에 있는 이들에게)
여러분, 필멸의 인간들을 무시할 수 있을지라도,
태양신 아폴론의 생명의 불꽃을 경외하시오.   1425
대지와 신성한 비, 그리고 햇빛도 용납하지 않는
이런 죄악을 그렇게 훤히 내보이지 마시오.
빨리 안으로 모셔라.   1430
집안의 문제는 집안사람들만 알아야 하는 법.

오이디푸스:
내 예상과 달리, 이렇게 친절하게 다가와서,
당신에게 못되게 굴었던 사람을 환대해주다니!
신의 이름으로 청하니, 부탁 좀 들어주오.
나를 위해서가 아니라 그대를 위해서 말이오.

Κρέων

οὐχ ὡς γελαστής, Οἰδίπους, ἐλήλυθα,

οὐδ᾽ ὡς ὀνειδιῶν τι τῶν πάρος κακῶν.

ἀλλ᾽ εἰ τὰ θνητῶν μὴ καταισχύνεσθ᾽ ἔτι

γένεθλα, τὴν γοῦν πάντα βόσκουσαν φλόγα   1425

αἰδεῖσθ᾽ ἄνακτος Ἡλίου, τοιόνδ᾽ ἄγος

ἀκάλυπτον οὕτω δεικνύναι, τὸ μήτε γῆ

μήτ᾽ ὄμβρος ἱερὸς μήτε φῶς προσδέξεται.

ἀλλ᾽ ὡς τάχιστ᾽ ἐς οἶκον ἐσκομίζετε·

τοῖς ἐν γένει γὰρ τἀγγενῆ μάλισθ᾽ ὁρᾶν   1430

μόνοις τ᾽ ἀκούειν εὐσεβῶς ἔχει κακά.

Οἰδίπους

πρὸς θεῶν, ἐπείπερ ἐλπίδος μ᾽ ἀπέσπασας,

ἄριστος ἐλθὼν πρὸς κάκιστον ἄνδρ᾽ ἐμέ,

πιθοῦ τί μοι· πρὸς σοῦ γὰρ οὐδ᾽ ἐμοῦ φράσω.

크레온:

제게 부탁하실 일이 무엇인지요?   1435

오이디푸스:

가능한 빨리 나를 이곳에서,

아무도 인사를 할 사람이 없는

그런 곳으로 쫓아내주오.

크레온:

당연히 그렇게 했을 것입니다만,

제가 어떻게 해야 할지를 신께 먼저 아뢰어야지요.

오이디푸스:

신의 말씀은 분명하지. 아버지를 죽인 자,   1440

그 불경한 자는 당연히 죽어야 한다는 거지.

크레온:

네, 분명히 그렇게 말씀하셨죠.

하지만 현재 상황에서는 우리가

어떻게 해야 하는지 분명히 알아봐야겠습니다.

Κρέων

καὶ τοῦ με χρείας ὧδε λιπαρεῖς τυχεῖν;   1435

Οἰδίπους

ῥῖψόν με γῆς ἐκ τῆσδ᾽ ὅσον τάχισθ᾽, ὅπου

θνητῶν φανοῦμαι μηδενὸς προσήγορος.

Κρέων

ἔδρασ᾽ ἂν εὖ τοῦτ᾽ ἴσθ᾽ ἄν, εἰ μὴ τοῦ θεοῦ

πρώτιστ᾽ ἔχρῃζον ἐκμαθεῖν τί πρακτέαν.

Οἰδίπους

ἀλλ᾽ ἥ γ᾽ ἐκείνου πᾶσ᾽ ἐδηλώθη φάτις,   1440

τὸν πατροφόντην, τὸν ἀσεβῆ μ᾽ ἀπολλύναι.

Κρέων

οὕτως ἐλέχθη ταῦθ᾽: ὅμως δ᾽ ἵν᾽ ἕσταμεν

χρείας, ἄμεινον ἐκμαθεῖν τι δραστέον.

오이디푸스:

그러면 이 비참한 사람을 위해서
알아봐주겠단 말이오?

크레온:

네, 그렇습니다.   1445
이제 왕께서도 신을 신뢰하시니까요.

오이디푸스:

그렇소. 그리고 간절한 부탁이 있는데,
저 집안에 누워 있는 여인을 묻어주오.
당신이 원하는 대로 당신의 누이니
장례식을 합당하게 잘 치러주오.
그리고 절대 나를 내 아버지의 나라에서
살게 내버려두지 말고,
나의 산이라 불리는 키타이론 산에 살게 해주오.   1450
그곳은 내 부모님이 살아계실 때,
나의 무덤으로 만들려 했던 곳이지.
나를 죽이려 했던 그분들의 뜻대로,
거기서 죽도록 해주오.

Οἰδίπους

οὕτως ἄρ' ἀνδρὸς ἀθλίου πεύσεσθ' ὕπερ;

Κρέων

καὶ γὰρ σὺ νῦν τἂν τῷ θεῷ πίστιν φέροις.   1445

Οἰδίπους

καὶ σοί γ' ἐπισκήπτω τε καὶ προστέψομαι,

τῆς μὲν κατ' οἴκους αὐτὸς ὃν θέλεις τάφον θοῦ·

καὶ γὰρ ὀρθῶς τῶν γε σῶν τελεῖς ὕπερ·

ἐμοῦ δὲ μήποτ' ἀξιωθήτω τόδε

πατρῷον ἄστυ ζῶντος οἰκητοῦ τυχεῖν,   1450

ἀλλ' ἔα με ναίειν ὄρεσιν, ἔνθα κλῄζεται

οὑμὸς Κιθαιρὼν οὗτος, ὃν μήτηρ τέ μοι

πατήρ τ' ἐθέσθην ζῶντε κύριον τάφον,

ἵν' ἐξ ἐκείνων, οἵ μ' ἀπωλλύτην, θάνω.

그래도 나는 이 정도는 알고 있소.   1455

나는 질병이나, 어떤 다른 일로는 죽지 않을 것이오.

왜냐면 죽음에서조차 살아남아,

이 끔찍한 불운을 감내하는 것이 내 운명이니까.

이제, 운명의 손에 맡길 수밖에.

크레온 경, 내 아들들은 걱정할 필요가 없을 것이오.   1460

남자들이니까 어디를 가든

살아나갈 수는 있을 것이니.

그러나 너무 가련하고 불쌍한 나의 두 딸들은

나와 결코 떨어져 식사를 한 적이 없었소.

내가 먹는 모든 것을 늘 함께 나눠 먹었다오.   1465

그 딸들이 걱정이오.

그러니, 간곡히 바라는 것은, 그 아이들을 만져보고

그 아이들과 함께 슬퍼하게 해주오.

부디, 허락해주오, 왕이시여.

부디, 자비로운 이여!

지금 그 아이들을 만져볼 수 있다면,

내 눈이 마치 그들을 보는 듯할 텐데!   1470

καίτοι τοσοῦτόν γ' οἶδα, μήτε μ' ἂν νόσον   1455

μήτ' ἄλλο πέρσαι μηδέν: οὐ γὰρ ἄν ποτε

θνῄσκων ἐσώθην, μὴ 'πί τῳ δεινῷ κακῷ.

ἀλλ' ἡ μὲν ἡμῶν μοῖρ', ὅποιπερ εἶσ', ἴτω:

παίδων δὲ τῶν μὲν ἀρσένων μή μοι, Κρέων,

προσθῇ μέριμναν: ἄνδρες εἰσίν, ὥστε μὴ   1460

σπάνιν ποτὲ σχεῖν, ἔνθ' ἂν ὦσι, τοῦ βίου:

ταῖν δ' ἀθλίαιν οἰκτραῖν τε παρθένοιν ἐμαῖν,

αἶν οὔποθ' ἡμὴ χωρὶς ἐστάθη βορᾶς

τράπεζ' ἄνευ τοῦδ' ἀνδρός, ἀλλ' ὅσων ἐγὼ

ψαύοιμι, πάντων τῶνδ' ἀεὶ μετειχέτην: 1465

αἶν μοι μέλεσθαι: καὶ μάλιστα μὲν χεροῖν

ψαῦσαί μ' ἔασον κἀποκλαύσασθαι κακά.

ἴθ' ὦναξ,

ἴθ' ὦ γονῇ γενναῖε: χερσί τὰν θιγὼν

δοκοῖμ' ἔχειν σφᾶς, ὥσπερ ἡνίκ' ἔβλεπον.   1470

(오이디푸스의 두 딸, 안티고네와 이스메네 등장)

이 소리는?
오, 세상에, 내 사랑하는 두 딸들이 우는 소리군.
크레온 경이 나를 불쌍히 여겨 내가 가장 사랑하는
딸들을 보내어주었군. 그렇지?   1475

크레온:
그렇습니다. 제가 그리했습니다.
옛날부터 두 따님을, 이처럼 무척 사랑하시는 것을
잘 알고 있으니까요.

오이디푸스:
축복하오, 크레온 경에게
신께서 나보다 더 많은 복을 내리시길!

애들아, 어디 있니, 이리 와, 어서,   1480
나의 손으로, 한배에서 태어난 자의 손으로,
오려무나. 이 손이, 너희 아비의 밝은 눈을,
아무것도 보지 못하게 만들었구나.

τίφημί

οὐδῆκλύω που πρὸςθεῶν τοῖν μοι φίλοιν

δακρυρροούντοιν, καίμ'ἐποικτίραςΚρέων

ἔπεμψέμοι τἀφίλτατ'ἐκγόνοιν ἐμοῖν

λέγω τι   1475

Κρέων

λέγεις: ἐγὼ γὰρ εἰμ' ὁ πορσύνας τάδε,

γνοὺς τὴν παροῦσαν τέρψιν, ἥ σ' εἶχεν πάλαι.

Οἰδίπους

ἀλλ' εὐτυχοίης, καί σε τῆσδε τῆς ὁδοῦ

δαίμων ἄμεινον ἢ 'μὲ φρουρήσας τύχοι.

ὦ τέκνα, ποῦ ποτ' ἐστέ; δεῦρ' ἴτ', ἔλθετε   1480

ὡς τὰς ἀδελφὰς τάσδε τὰς ἐμὰς χέρας,

αἳ τοῦ φυτουργοῦ πατρὸς ὑμὶν ὧδ' ὁρᾶν

τὰ πρόσθε λαμπρὰ προυξένησαν ὄμματα:

애들아, 너희 아비는, 알지도 보지도 못한 채

자기 자신을 낳아준 사람에게서

너희를 낳았구나.   1485

나는 너희들을 위해 운다.

내 비록 너희들을 볼 수 없겠지만,

너희들이 사람들 속에 살면서

장차 겪을 고통을 생각하면 눈물이 나는구나.

어떤 시민모임에 갔다가,

어떤 즐거운 모임에 갔다가,   1490

축제를 즐기는 대신 울면서 집에 돌아오지 않을까?

너희가 결혼 적령기가 되면, 애들아,

너희들과 너희 자식들을 따라다닐

오명을 감내해줄 그런 남자가 있을까?   1495

빠짐없이 온갖 재앙이 내리지 않았는가?

이런 조롱도 받을 것이다.

"너희 아버지는 자신의 아버지를 죽이고

자신이 태어난 몸에 씨를 뿌려

그 태에서 너희들을 낳았다."

그러면 누가 너희와 결혼해줄까?   1500

ὃς ὑμίν, ὦ τέκν᾽, οὔθ᾽ ὁρῶν οὔθ᾽ ἱστορῶν

πατὴρ ἐφάνθην ἔνθεν αὐτὸς ἠρόθην.   1485

καὶ σφὼ δακρύω: προσβλέπειν γὰρ οὐ σθένω:

νοούμενος τὰ λοιπὰ τοῦ πικροῦ βίου,

οἷον βιῶναι σφὼ πρὸς ἀνθρώπων χρεών.

ποίας γὰρ ἀστῶν ἥξετ᾽ εἰς ὁμιλίας,

ποίας δ᾽ ἑορτάς, ἔνθεν οὐ κεκλαυμέναι   1490

πρὸς οἶκον ἵξεσθ᾽ ἀντὶ τῆς θεωρίας;

ἀλλ᾽ ἡνίκ᾽ ἂν δὴ πρὸς γάμων ἥκητ᾽ ἀκμάς,

τίς οὗτος ἔσται, τίς παραρρίψει, τέκνα,

τοιαῦτ᾽ ὀνείδη λαμβάνων, ἃ ταῖς ἐμαῖς

γοναῖσιν ἔσται σφῷν θ᾽ ὁμοῦ δηλήματα;   1495

τί γὰρ κακῶν ἄπεστι; τὸν πατέρα πατὴρ

ὑμῶν ἔπεφνε: τὴν τεκοῦσαν ἤροσεν,

ὅθεν περ αὐτὸς ἐσπάρη, κἀκ τῶν ἴσων

ἐκτήσαθ᾽ ὑμᾶς, ὧνπερ αὐτὸς ἐξέφυ.

τοιαῦτ᾽ ὀνειδιεῖσθε: κᾆτα τίς γαμεῖ;   1500

그럴 사내는 아무도 없을 것이다. 애들아,
너희들은 결국 결혼도 못한 채
시들어갈 운명에 처할 것이다.

크레온 경, 이 딸아이들의 부모는 둘 다 사라졌고
당신이, 남겨진 이 아이들의 유일한 아버지이니,
당신의 핏줄인 그들이 결혼도 못하고   1505
가난하게 떠돌며 지내지 않도록 해주게.
또 나 같은 불행한 처지에 빠지지 않게 해주오.

불쌍히 여겨주게. 보시다시피, 그들은 너무 어리고,
그대 밖에는 기댈 곳이 없다오.
그러니 크레온 경,
승낙의 표시로 이들을 보듬어주게.   1510

애들아, 너희들이 조금만 더 철이 들었다면,
더 많이 일러줄 수 있을 텐데.
그러나 지금은 이렇게 기도하거라.
어디에서 살게 되던, 굳세게 잘 살게 하소서.
아버지보다 더 나은 삶을 살게 해주소서!

οὐκ ἔστιν οὐδείς, ὦ τέκν᾽, ἀλλὰ δηλαδὴ

χέρσους φθαρῆναι κἀγάμους ὑμᾶς χρεών.

ὦ παῖ Μενοικέως, ἀλλ᾽ ἐπεὶ μόνος πατὴρ

ταύταιν λέλειψαι, νὼ γάρ, ὣ 'φυτεύσαμεν,

ὀλώλαμεν δύ᾽ ὄντε, μή σφε περιίδῃς   1505

πτωχὰς ἀνάνδρους ἐκγενεῖς ἀλωμένας,

μηδ᾽ ἐξισώσῃς τάσδε τοῖς ἐμοῖς κακοῖς.

ἀλλ᾽ οἴκτισόν σφας, ὧδε τηλικάσδ᾽ ὁρῶν

πάντων ἐρήμους, πλὴν ὅσον τὸ σὸν μέρος.

ξύννευσον, ὦ γενναῖε, σῇ ψαύσας χερί.   1510

σφῷν δ᾽, ὦ τεκν', εἰ μεν εἰχετην ἤδη φρενας,

πόλλ᾽ ἂν παρήνουν· νῦν δὲ τοῦτ᾽ εὔχεσθέ μοι,

οὗ καιρὸς ἐᾷ ζῆν, τοῦ βίου δὲ λῴονος

ὑμᾶς κυρῆσαι τοῦ φυτεύσαντος πατρός.

크레온:

그만 눈물을 거두시고 안으로 들어가십시다.   1515

오이디푸스:

내키지는 않아도, 그렇게 해야지.

크레온:

만사는 시의적절할 때 아름다운 법이지요.

오이디푸스:

한 가지 부탁을 들어주면 들어가겠소.

크레온:

뭔지 말씀해보세요. 들어봐야 알지요.

오이디푸스:

나를 테바이에서 추방해주게.

크레온:

그건 신께 간구하셔야 하는 것입니다.

Κρέων

ἅλις ἵν᾽ ἐξήκεις δακρύων· ἀλλ᾽ ἴθι στέγης ἔσω.   1515

Οἰδίπους

πειστέον, κεἰ μηδὲν ἡδύ.

Κρέων

πάντα γὰρ καιρῷ καλά.

Οἰδίπους

οἶσθ᾽ ἐφ᾽ οἷς οὖν εἶμι;

Κρέων

λέξεις, καὶ τότ᾽ εἴσομαι κλύων.

Οἰδίπους

γῆς μ᾽ ὅπως πέμψεις ἄποικον.

Κρέων

τοῦ θεοῦ μ᾽ αἰτεῖς δόσιν.

오이디푸스:

하지만 난 신의 노여움을 사고 있네.

크레온:

그러니 소원을 빨리 이루시겠군요.

오이디푸스:

그럼 그렇게 해준다는 말인가?   1520

크레온:

저는 마음에 없는 빈말은 하지 않습니다.

오이디푸스:

그럼 어서 나를 여기서 데려가게나.

크레온:

자, 들어가시죠, 아이들은 두고요.

오이디푸스:

내게서 아이들을 빼앗지 말게.

Οἰδίπους

ἀλλὰ θεοῖς γ᾽ ἔχθιστος ἥκω.

Κρέων

τοιγαροῦν τεύξει τάχα.

Οἰδίπους

φῂς τάδ᾽ οὖν; 1520

Κρέων

ἃ μὴ φρονῶ γὰρ οὐ φιλῶ λέγειν μάτην.

Οἰδίπους

ἄπαγέ νύν μ᾽ ἐντεῦθεν ἤδη.

Κρέων

στεῖχέ νυν, τέκνων δ᾽ ἀφοῦ.

Οἰδίπους

μηδαμῶς ταύτας γ᾽ ἕλῃ μου.

크레온:

매사를 지배하려 들지 마십시오.

지배하시던 모든 것들이

평생 동안 함께 하지는 않습니다.

(크레온과 오이디푸스 퇴장)

코로스:

나의 조국 테바이 시민들이여,

이 사람, 오이디푸스를 보시오.

그 유명한 수수께끼를 풀고,   1525

한때 가장 권세 있는 자였고,

그의 운명을 부러워하지 않은 자 없었으나,

끔찍한 불행의 광풍이 그를 삼켜버렸도다!

그러하니 생의 마지막 날에 이르기까지

기다려 지켜볼지어다.

고통이 끝나는 마지막 순간을 지날 때까지,

섣불리 어떤 인간을 복되다 하지 마오.   1530

Κρέων

πάντα μὴ βούλου κρατεῖν·

καὶ γὰρ ἁκράτησας οὔ σοι τῷ βίῳ ξυνέσπετο.

Χορός

ὦ πάτρας Θήβης ἔνοικοι, λεύσσετ', Οἰδίπους ὅδε,

ὃς τὰ κλείν' αἰνίγματ' ᾔδει καὶ κράτιστος ἦν ἀνήρ,   1525

οὗ τίς οὐ ζήλῳ πολιτῶν ἦν τύχαις ἐπιβλέπων,

εἰς ὅσον κλύδωνα δεινῆς συμφορᾶς ἐλήλυθεν.

ὥστε θνητὸν ὄντα κείνην τὴν τελευταίαν ἰδεῖν

ἡμέραν ἐπισκοποῦντα μηδέν' ὀλβίζειν, πρὶν ἂν

τέρμα τοῦ βίου περάσῃ μηδὲν ἀλγεινὸν παθών.   1530

그리스 비극을 통해 본
신성모독과 불경함에 관한 연구*

: 『박카이』와 『오이디푸스 왕』의 경우

1.

　『오이디푸스 왕』(Οδιπουςτυραννος)은 소포클레스(Σοφοκλης)의 대표작으로 대대로 인구에 회자되며 수많은 관심과 연구의 대상이 되어 온 수작이다. 세계문학의 꽃이라 불릴 수 있을 정도로 다양한 분야에서 각각의 주제로 연구되어 온 이 작품과 더불어 비교문학적 관점에서 연구 가치를 지니는 또 하나의 작품이 『박카이』다. 후자는 에우리피데스(Εἰριπιδης)의 현존하는 마지막 작품

---

* 『영미어문학』 114호에 실린 글.

으로 그리스 본토 아테나이(Ἀθηναι)가 아닌 이방지역인 마케도니아(Μακεδονια)에서 집필된 것으로, 고향 아테나이에서 초연된 것은 작가의 사후인 B.C. 405년경으로 보여진다. 에우리피데스가 왜 먼 타향에서 여생을 보냈는지, 구체적으로 어떤 활동을 했는지는 확실하게 알려진 바 없지만, 그곳에서도 문학적 활동을 이어갔던 것으로 보이며, 그의 임종 소식을 전해들은 본토의 소포클레스가 그의 죽음을 애도하였으며, 이후 아테나이의 비극경연대회에서 『박카이』가 우승했다는 사실 등이 전해져 온다.

작가 사후에 우승을 안겨줄 정도로 대단한 인기를 누렸던 『박카이』에서 주목할 점은 소포클레스의 『오이디푸스 왕』과 유사한 비극적 모티프를 공유하고 있다는 점이다. 각 작품의 주인공인 오이디푸스(Οἰδιπους)와 펜테우스(Πενθευς)의 공통된 하마르티아(ἁμαρτια, cf. Dodds 177~180)는 인간의 도를 넘어선 과신과 과욕에 뿌리를 둔 오만불손(ὑβρις)과 신성모독이다.

흥미롭게도 이 두 작품을 연계시키는 연결고리 역할을 하는 인물이 장님 예언가 테이레시아스(Τειρεσιας)인데, 그를 통해 신들의 산 올림포스(Ολυμπος)에서 울려 퍼지는 깊은 메아리를 듣게 된다. 인간의 한계에 갇혀 자멸하기까지 자신의 어리석은 판단에 사로잡혀 헤어나지 못하고 무모한 몸부림을 지속하는 두 주인공들을 향해 아폴론 신의 사제 테이레시아스는 그들의 오만불손한 죄가 얼마나 엄청난 재앙을 가져올 것인지를 지속적으로 환기시키고 있다. 델포이(Δελφοι) 신전 입구에 각인되어 있었고 전 그리스적 지혜의 모토로 여겨졌던 "정도를 지나치지 말라(μηδεν ἀγαν)"는 중용의 도는, "너 자신을 알라(γνωθι σεαυτον)"는 모토와 함께 위의 두 작품들에서 주요 모티프로 작동한다.

아리스토텔레스(Ἀριστοτελης)의 감정 분석에 따르면, 신성모독과 연계된 오만불손은 잘못된 감정의 표출로서 '경멸(καταφρονησις)', '악담(ἐπερεαμος)'과 더불어 '업신여김(ὀλιγορια)'의 감정 상태를 통해 분노(ὀργη)를 유발시킨다고 한다(1378b). 디오뉘소스(Διονυσος) 신을 업신여기는 펜테우스의 행위나 아폴론 신탁에 대한 오이디푸스의 태도가 오만불손의 한 전형이며, 극히 제한적인 인간의 도구인 이성으로 우주적 존재인 신성을 측정하려는 태도는 가히 신들의 진노를 사기에 충분해보인다.

고대 그리스의 헬레니즘 문화는 제사와 정치가 다소간 중첩된 사회의 양상을 보여준다. 왕이 정치를 주도해 갔던 것은 사실이지만 여전히 제사장의 신탁이 중요했고, 디오뉘소스 축제를 비롯한 대부분의 축제, 심지어 연극 경연대회조차도 제사 행위의 하나로 치러졌다. 연극과 제의의 불가분의 관계를 잘 드러내주는 동시에 본 논문의 논지를 명백히 해주는 대목으로, 오이디푸스의 언행에 대한 코로스(χορος)의 다소 메타드라마적인 질문에 먼저 주목해보고자 한다. "우리는 무엇 때문에 춤을 추어야 하나?"(895~96). 코로스는 누구를 위해 노래하며 춤을 추는가? 답은 의외로 단순할수 있다. 고 전문화의 토대에서 볼 때 모든 축제와 의식은 제사행위의 하나이므로 '신을 찬양하기 위해' 그들은 존재하는 것이다. 신을 기쁘게 하기 위해 춤을 추고 노래하는 코로스와는 대조적으로 자신들의 안위를 위해 신탁의 명령을 덮어버리고 무시하며, "하나는 여럿과 같을 수 없다"(845)는 인간적 측정과 계산에 천착하는 오이디푸스와 이오카스테(Ἰοκαστη)의 오만불손한 태도가 코로스의 눈에는 신성모독 그 자체로 보인 것이다. 신을 찬양하기 위해 행해지는 제의인 연극에서 신성을 부정하는 모순을 코로스는 메타드라마적으로 드러내고 있으며(Dobrov 71), 아울러 이런 신성모독적 인물들이 벌을 받지 않는다면 신은 존재하지 않는 것이며, 동시에 '신을 찬양하기 위해' 춤을 추고 노래한다는 것은 무의미한 짓이 될 것이라는 다분히 역설적인 의도가 담긴 강론이 '무엇 때문에'라는 질문에 내포되어 있다.

이처럼 극 속에서 극의 존재론적 근원을 탐문하는 메타드라마적 담론이 『박카이』(Βακχαι)에서도 역시 포착된다. 어떤 면에서는 이 작품 자체가 극의 존재론적 탐문 과정을 노출하는 시나리오라 볼 수도 있다. 연극공연과 제의는 '누구를 위해, 무엇 때문에 행해지는가?'라는 질문에 대해 에우리피데스는 연극행위를 통해 그에 대한 응답을 하고 있다. 축제가 진행되는 키타이론(Κιθαιρων) 산은 세상이며 동시에 연극무대이고, 박코스의 여신도들(Βακχαι)과 펜테우스는 관객이며 동시에 배우이다. 그리고 디오뉘소스 신이 연출하는 이 제의에서 그 자신이 또한 배우이기도 하다. 다시 말하자면, 작가 에우리피데스는 그의 마지막 작품을 통해 연극 행위 그 자체가 신에 대한 경배이며 축제가 곧 제의인 것을 연극의 신 디오뉘소스를 직접 등장시켜 메타드라마적 기법으로 극화하고 있다(Dobrov 72~75). 인간의 존재론적 의미를 탐문하며 코로스는 자문한다—"지혜란 무엇인가?"(877). 이 역시 답은 간결하며 명쾌하게 제시된다—"신을 경배하지 않는 인간은 파멸한다"(886). 이를 다시 환원해서 말하자면, 신을 경배하며 찬양하는 것이 지혜로운 자의 도리이며, 이를 역행하는 펜테우스의 불경스런 오만불손함은 그 결과가 예견되는 어리석은 행위인 것이다. 인간의 얕은 지식에 천착한 이성으로 신성을 재단하며 심지어 구속하는 악행을 일삼았던 펜테우스를 향한 예견된 신의 징벌은 "너무나 가혹하지만 정당한 것"(1249)이라는 카드모스(Καδμος)의 고백과 함께 한편의 메타드라마가 종결된다.

2

테바이(Θηβαι)의 왕 오이디푸스는 철저히 이성적 인간이기를 갈망하는 고전 계몽주의 시대(B.C. 5세기)의 대표적 산물이다(Knox 48~9). 인간은 만물의 척도(παντων χρηματων μετρον ἀνθρωπος)이며 이성적 측정에 의해 검증되지 않은 지식은 무가치하다는 시대적 요구를 반영한 인물로서, 매사에 알지 않고는 못 배기는 진리의 사제인 양 무대를 활보하는데, 이는 오이디푸스 자신의 탁월한 능력에서 그 나름의 이유를 찾을 수 있다. 그는 스스로의 이성적 추리에 의해 스핑크스의 수수께끼를 풀고 테바이에 내렸던 저주를 물리쳤고, 이로써 튀란노스(τυραννος)의 지위에 오르게 된다. 고전 계몽주의 시대에 튀란노스라는 호칭은 자신의 탁월한 지도력이나 능력으로 왕이 된 자를 일컫는 말인데, 이는 계보에 의해 자연 승계된 왕 바실레우스(βασιλευς)와는 그 의미가 사뭇 다르다는 사실에 유념할 필요가 있다. 그런 까닭에 오이디푸스는 자신의 능력의 원천인 이성적 측정과 추리에 더욱 집착하게 되며, 국가적 대재난이었던 스핑크스의 저주를 물리쳤던 위대한 성취가 오히려 그 자신을 얽어매고 넘어뜨리는 자승자박의 걸림돌이 되어 파멸로 치단게 한다. 차라리 그때 그 수수께끼를 풀지 못했더라면 앞으로 닥칠 더 큰 인간적 파멸은 피할 수 있었을 것이라는 가정도 무리는 아닐 것이다.

이처럼 성취가 저주가 되는 것은 오이디푸스 자신의 깊은 내면에 도사리고 있는 자아도취적 오만함에서 그 싹을 보게 된다: "나는 누구의 도움도 받지 않고 스스로 스핑크스의 수수께끼를 풀어냈다"(395~96). 전후 맥락을 되짚어보면, 이런 발언은 아폴론의 사제인 테이레시아스의 예언과 조언을 업신여기는 것이며, 더 나아가 신성모독과 불경죄로 나아가는 선언문인 셈이다. 이 발언에 기초해서 그는 라이오스(Λαιος) 왕과 관련된 수수께끼를 스스로 풀어나갈 수 있다는 확신, 더 나아가 과신을 하게 되지만, 신성과 예언을 업신여기는 이런 오만함은 신들의 진노를 사기에 충분한 것이다. 신탁에 대한, 더 나아가 신들에 대한 경외심을 저버리며 오직 자기중심적 허상의 늪에 빠져 헤어나기 어려운 지경에 처한, 정도를 지나쳐 극단으로 치닫는 휘브리테스(ὑβριτης)인 오이디푸스의 경거망동함을 경계하고 동시에 국가의 안위를 염려하며, 코로스는 "아폴론 신이 더 이상 경배 받지 못하고 종교가 죽어간다"(910)고 경고하는데, 국가적 대재난이 있던 스핑크스의 저주를 스스로의 힘으로 풀고 위기에서 국가를 구했던 오이디푸스 자신이 이제는 수수께끼의 주인공이 되어 국가를 파멸로 몰아가고 있는 이중적 인물이 된다(Vernant 127). 이런 관점에서, "마지막 순간까지 누구도 행복하다고 단정할 수 없다"(1529~30)

.

는 코로스의 마지막 대사는 한계적 인간의 실존적 자각을 일깨우는 것으로 오이디푸스의 이중적 성격을 잘 지적하고 있다.

극의 전반부에서 오이디푸스는 "인간 존재 가운데 최고의 존재"(33)답게 테바이 시민들의 아픔에 동참하고 위로하며 곧 사태를 수습하여 도시를 원상회복시키겠노라고 말하며, 아폴론 신탁을 받으러 크레온(Κρεων)을 보내 놨으니 곧 해결의 실마리를 찾게 될 것이라고 공언한다. 그리고 곧 도착한 크레온으로부터 라이오스 왕을 살해한 자들의 핏값을 치러야 저주가 풀린다는 신탁을 전해 듣는다. 이에 코로스와 크레온은 테이레시아스의 예언적 지혜를 청종할 것을 추천하고 오이디푸스는 그렇게 해서 사태를 조속히 수습하겠노라며 강한 해결 의지를 보인다. 여기까지는 오이디푸스와 시해자와는 무관한 듯해 보이며 오이디푸스 자신도 객관적 관찰자 혹은 심판자의 모습으로 서 있다. 아울러 냉철하고 이지적인 튀란노스의 덕과 위엄도 엿볼 수 있으며 스핑크스의 수수께끼를 푼 최고의 존재로 손색없어 보인다. 그러나 테이레시아스와의 조우 장면에서부터 사뭇 다른 모습의 오이디푸스를 보게 되는데, 이는 이중적 존재인 인간 오이디푸스가 진리를 둘러싼 자아의 껍질을 찢는 인식의 과정, 그것으로 인한 고통의 여정과 마주하고 있기 때문이다. 진리라는 의미의 단어 알레테이아(ἀληθεια)는 어원적으로 아-레테(ἀ-ληθη, 탈-망각)인데, 이는 망각의 강인 레테(ληθη)를 되돌아 건너가는 여정을 담고 있기에 이 과정에서 필연적으로 망각된 상처를 만나게 되며, 앎(γνωσις)이라는 찢는 고통이 동반된다(Heidegger 204). 이러한 진리와 망각, 실상과 허상 사이에서 온 몸으로 거부하며 몸부림치고 버둥대는 실존적 인간 오이디푸스를 또한 테이레시아스는 가슴 아프게 바라보아야 하기에 조용히 망각하고자 하며 오이디푸스에게도 그렇게 하기를 종용한다. 오이디푸스에게 있어 레테의 강은 빠져 나오려 몸부림치면 칠수록 상처가 깊어가는 역설의 강이기 때문이다.

진리의 사제인 테이레시아스와 마주친 오이디푸스의 첫 반응은 당연히 거부로 나타나는데, 이는 이미 예견된 바이다. 이러한 거부는 망각에서 진리로 나아가는 아픔의 시작이며, 인간의 이성적 범주에서는 결코 받아들일 수 없는 일련의 담론이거나 충고이기 때문이다. 주목할 점은, "신과 같은 예언자"(298)인 테이레시아스의 충고나 계시적 선언을 무시하거나 폄하하며 부정하는 것은 이미 신성모독이며 용서받기 어려운 죄인데, 이러한 죄의 속성은 라이오스 가문의 피내림 속에 침잠된 오만불손한 불경죄와 연계되어 있다는 것이다. 오이디푸스의 아버지 라이오스가 젊은 시절에 범한 신성모독적 동성애 사건과 이에 따르는 아폴론 신의 예언적 저주는 이 극 작품 속에서 직접 언급되거나 드러내 보이진 않지만 신화적 모티프를 형성하는 주요 근간을 이루고 있다. 그 불경함의 징벌로 라이오스는 자식을 낳지 말라는 명령을 받는데, 이를 어기면 더 큰 저주가 내려 그 자식의 손에 죽음을 당할 것이며 그 자식도 비극적 종말을 맞을 것이라는 예언이 주어진다. 하지만 이러한 신의 명령에도 불구하고, 신의 명령조차 거부한 오만불손한 라이오스는 자식을 낳지만 그 결과 예견된 죽음을 맞이한다. 실로 라이오스 가문에 얽힌 신화의 여정은 신성모독적 불경함에 꼬리를 물고 연속되는 불경함의 뮈토스(μυθος)인데, 그 신성모독의 피내림이 오이디푸스에게서 그대로 확인되는 것과 라이오스에 의해 뿌려진 불경의 씨앗이 장성하여 열매를 맺고, 게다가 이성적 오만함이 더해지는 점층적 구조를 보이는 점이 흥미롭다.

마침내, 오이디푸스는 진리와 신성의 대변자인 테이레시아스를 권모술수와 역모의 종으로 폄하하기에 이르는데(390~403), 이는 테이레시아스가 전해준 오이디푸스 자신과 라이오스 집안에 관련된 일련의 비극적 사실이 크레온에 의해 주도된 왕위 찬탈 음모이며 조작된 것으로 테이레시아스가 그 음모의 수족 노릇을 하고 있다는 판단에 따른 것이다. 이에 오이디푸스의 신성모독적 오만불손함이 도를 지나쳐 가는 것을 경계하던 코로스는 심각한 우려를 표하기에 이른다: "오만함이 폭군을 낳는다"(ὕβρις φυτευει τυραννον, 874). 이즈음에서 우리는 이 극작품의 제목을 한 번 더

살펴볼 필요가 있는데, *Οἰδίπους Τύραννος*에서 '튀란노스'의 의미가 왕 또는 폭군으로 이중적이라는 사실에 유념해야 한다. 우리가 통상 '왕'으로 번역하고 있는 이 단어는 앞에서도 언급된 바처럼 스스로의 탁월한 지도력이나 능력으로 왕이 된 자를 의미하는 것이지만, 또 다른 의미로 '폭군'을 지칭할 수 있다. 왕과 폭군 사이의 실존적 중첩성에 대한 부단한 자기성찰의 요구가 이 작품의 표제를 통해 역설적으로 표출되는데, 이는 베르낭의 용어로 표현하자면 인간 존재의, 더 구체적으로는 오이디푸스의 실존적 이중성을 드러내는 좋은 예가 될 수 있다.

안타깝게도, 오만함으로 인해 점차 눈 뜬 장님이 되어 가는 오이디푸스는 그 스스로가 가정과 국가적 저주의 핵심 요인이면서 그것을 전혀 인식하지 못하며, 오히려 신성의 사제인 테이레시아스를 통해 전해지는 계시적 지혜인 "μηδεν ἀγαν"을 멸시하고 조롱하며 자신의 이성적 측정과 계산에 천착하는데, 이로써 그는 하나와 여럿, 전체와 부분의 수수께끼를 풀기 위해 자신의 총력을 집중한다. 테이레시아스와의 한바탕 소란 후, 억울한 누명을 토로하는 크레온이 달려와 또 한 차례의 소란이 이는 가운데 이오카스테가 등장하여 중재를 하며 말하기를, 라이오스 왕은 삼거리에서 '도둑들'에게 살해당했으며 라이오스의 아들은 난 지 사흘도 되지 않아 산에 내버려 죽게 했으므로 신탁의 예언은 신뢰할 만한 것이 못되며 언쟁을 벌일 필요가 없다는 내용이다(705~725). 이처럼 풍문이 전하는 바와 오이디푸스 자신이 직접 경험한 사건 간에는 같기도 하고 다르기도 한 수수께끼 같은 면이 존재하는데, 자신은 1인이고 도둑들은 다수이고, 라이오스 일행 6명 전원을 죽였는데 생존자가 있다는 사실은 이성적 측정의 범주에서 결코 하나가 될 수 없는 사건이다.

여기서 흥미로운 것은 오이디푸스는, 자신의 눈을 포함한, 인간의 눈을 지나치게 신뢰하고 있다는 점이다. 스핑크스의 수수께끼를 풀 때도, 눈을 통한 해결법으로 네 발, 두 발, 세 발의 인생 여정을 계산해냈던 것을 상기할 필요가 있다. 이성적 눈을 통해 승리자가 되었던 오이디푸스가 이제는 그 눈으로 인해 파멸의 길로 들어서는 아이러니가 의미심장하며, 또한 이성적 눈은 보고자 하는 바를 보는 눈이지 전부를 보는 눈이 아니라는 사실이 이 작품의 해석에 중요 모티프로 작용한다. 라이오스 일행 중 유일한 생존자로 알려진 양치기를 수배해서 코린토스(Κορινθος)의 사자와 대질심문을 벌이는데, 정작 탐문과제였던 1인과 다수, 전체와 부분의 문제는 한 번도 거론되지 않는다. 작가 소포클레스는 어떤 의도로 이런 극 구성을 했을까? 1인과 다수는 분명 다른 것이고 전체와 부분은 차이가 엄연한데, 어떻게 그것에 대한 해명을 기다리는 관객의 기대를 저버리며 바로 오이디푸스의 실명으로 극을 몰아갔을까? 그 답을 찾기 위해서 우리는 실명의 모티프를 한 번 고찰해볼 필요가 있다.

극의 전반부, 오이디푸스가 눈먼 테이레시아스와 언쟁을 벌이는 장면에서, 자신의 볼 수 있는 눈이 테이레시아스의 보지 못하는 눈보다 더 정확한 판단을 할 수 있고, 스핑크스의 수수께끼를 풀 수 있는 눈을 가진 자신이 우월하다는 주장을 펼친다(370~75). 이는 곧 방금 전에 "당신이 찾고 있는 그 살해범은 바로 당신이오"(362)라고 숨기던 사실을 말하며, 오이디푸스의 억울한 누명 씌우기에 반박하여 테이레시아스가 답한 내용과 연결된다. 라이오스 가문의 저주와 관련된 비밀을 차마 밝히지 못하고 덮어버리려는 테이레시아스를 향해, 크레온과 공모하여 비밀스런 역모를 꾸민다고 오이디푸스가 억지 주장을 하자(345~49), 이에 대해 견디다 못한 테이레시아스는 사실을 선포하기에 이른 것이다. 이러한 진리의 선포에 대해 오이디푸스는 눈 먼 자의 엉터리 같은 말 또는 거짓말로 치부하며 자신의 볼 수 있는 눈이 더 정확한 진실을 규명하리라 확신한다. 하지만 이는 인간의 불완전한 이성과 불완전한 눈을 과신하는 오이디푸스의 오만함에서 비롯된 것으로, 영혼의 눈을 가진 신성의 사제를 멸시하고 조롱하는 것은 이미 신성모독이며 불경함의 극치라고 보아진다. "신과 같은 예언자"인 테이레시아스의 눈은 신성의 눈이며 예언의 눈으로 제우스 신에 의해 부여된 능력의 눈이다(Brisson 122~23). 이런 초월적 신성의 눈만이 진리를 볼 수 있으며, 상대적 가치에 천착하는 불완전한 인간의 눈은 보고자 하는 것만 보는 눈으로 혼란만 가중시키고 상처만 더 깊게 만드는 신뢰할 수 없는 눈이다.

따라서 이런 신뢰할 수 없는 눈들이 논하는 1인과 다수, 전체와 부분의 문제는 그 자체로 이미 상대적이며 가변적인 것으로 작가 소포클레스는 재론의 여지조차 남기지 않는다. 고전 계몽주의 시대의 소피스트들에게 있어 "인간이 만물의 척도"라는 의미 속에는 이미 상대적 가치가 내재되어 있는 것으로, 뒤집어보면 인간적 측정이나 계산은 주관적 시각과 입장에 따라 달라지거나 가공될 수도 있는 것이다. 이러한 상대적이며 가변적인 인간의 눈에 의지하여 절대적 신성의 눈을 재단하려는 오만불손함은 곧 신성 모독이며 그 죗값을 치르게 된다. 눈에는 눈이라는 고전적 방식으로 눈이 저지른 죄를 눈으로 갚는데, 이는 B.C. 5세기의 사회사상을 반영한 것이며 종교적 도덕적 전통과 이에 대응하는 소피스트들의 인간중심적 논리가 충돌하는 교차지점에서 비극의 역사성을 발견하게 된다(Vernant 88). 이는 또한 인간 존재란 위대하면서 동시에 위험한 이중적인 수수께끼 같은 존재임을 드러내는 것이다(121).

주목할 만한 것으로, 튀란노스라는 표제어의 경우처럼 작가 소포클레스는 이미 오이디푸스라는 이름을 통해서 그런 이중성을 암시하고 있는데, 오이디푸스(Οἰδίπους)라는 헬라어 어원에는 '부은 발'이라는 것과 '발을 안다'는 의미가 이중적으로 내포되어 있기 때문이다. 동사 οἰδέω(부어오르다)에서 파생된 형용사 οἰδος (부어 오른)와 발이라는 단어 πους가 결합되어 '부은 발'이라는 의미가 가능하고, 동사 εἰδω(보다)에서 파생된 οἰδα(알다)와 πους가 결합되어 '발을 안다'는 또 다른 의미가 생성된다. 부은 발의 오이디푸스가 불완전한 존재로서의 인간이라면, 발을 아는 오이디푸스는 수동적 운명을 거부하며 끝없이 앎을 추구하는 "인간존재 가운데 최고의 존재"를 의미한다. 그러므로 스핑크스 수수께끼의 핵심이 인간의 불완전한 '발'과 관계된 것과 그 '발'을 아는 탁월함이 오이디푸스의 비극을 증폭시키는 기제로 작동하고 있다는 사실이 흥미로운데, 네 발-두 발-세 발의 불완전한 존재이지만 자신을 아는 듯해 보이고, 동시에 자신에 대해 아무 것도 알지 못하는 수수께끼 같은 이중적 존재가 자신의 불완전한 지식과 그것이 낳은 오만과 불경으로 인해 돌이킬 수 없는 파국을 맞게 된다. 이때 간과해서 안 되는 점은, 위의 어원분석에서 언급된 바처럼 동일한 어원을 가지는 '본다'는 지각과 '안다'는 지식은 동일 의미의 다른 표현이며, 아울러 지식이 몰락할 때 동시에 지각도 폐쇄된다는 사실이다. 이는 왜 삭가 소포클레스가 오이디푸스의 파멸 양식으로 죽음보다 실명을 택했는지에 대한 명백한 답이 되며, 이는 동시에 맹목적 인간 지식의 근원이던 불합리한 눈을 초월한 영혼의 눈, 신성의 눈을 지향하는 그리스 비극의 역사성을 뚜렷이 보여준다.

3

'역설의 비극작가'로 불리는 에우리피데스는 무엇보다도 이성적 사유와 감성의 딜레마를 작품 전반에 걸쳐 노출시키며, 고전 계몽주의 시대를 주도 하는 실존주의적 고뇌를 대변하는 시인이자 동시에 철학자로 일컬어진다(E. Segal 244~53). 이는 베르낭 식의 그리스 비극의 역사성 측면에서 볼 때, 신화에서 이성으로 인식의 전환을 요구하는 시대정신과 신화로의 회귀를 꿈꾸는 작가정신의 교차지점에서 발생하는 실존적 불일치와 양가적 모순을 비극의 정신으로 담아내고 있기 때문이다. 이를 가장 잘 보여주는 작품 중 하나가 『박카이』인데, 오이디푸스가 그랬던 것처럼 이 극의 주인공인 펜테우스는 가장 이성적 인물이지만 동시에 가장 비합리적인 인물로 드러나며, 생명과 환희의 상징인 디오뉘소스 신이 또한 폭력과 죽음을 몰고 오는 이중적 특성을 보이는데, 이런 교차적 비극성의 주요 모티프로 신성모독과 불경함이 작동하고 있는 사실에 주목할 필요가 있다. 이성적이지만 비합리적인 인간 사유의 범주를 초월한 지점에서 분출되는 역동적 생명력을 집요하게 추적하는 작가 에우리피데스의 열정은 '역설'이라는 형식으로 드러나며, 이는 결국 '너 자신을 알라'는 델포이의 지혜와 맞닿는 것이며 범그리스적 철학의 토대가 되는 것이다.

동방에서 왔다는 자칭 신이라는 이방인 디오뉘소스를 좇아 테바이 여인들이 키타이론 산에 올라 비의적 축제를 벌이고 있다는 소식을 접한 젊은 왕 펜테우스는 심히 격분하여 디오뉘소스를 동방의 마법사(235) 혹은 거짓 신으로 단정지으며 그를 따르는 모든 여인들을 붙잡아 감금하고 그 또한 교수형에 처할 것이라고 경고한다. 작품 전반부를 중심으로 볼 때, 이는 펜테우스 자신의 어머니 아가우에(Ἀγαυη)를 비롯해 이모들마저 디오뉘소스 축제에 동참했으며, 그들은 포도주에 취해 성적 문란과 도덕적 타락을 부추긴다는 판단 하에 더 이상 방관할 수 없는 왕으로서 도시국가 테바이의 안녕과 질서를 도모하고자 하는 발상에 기인한 것으로 볼 수 있다.

먼저 주목해서 볼 부분은, "새로운 신"(219)으로 등장하는 디오뉘소스는 그 외모에서부터 차이를 해체하는 탈경계적 사유의 지평을 열고 있다는 점이다. 그는 남성적이며 동시에 여성적이며, 신이며 동시에 인간이고, 생명 친화적인 동시에 잔인한 죽음을 동반한 신으로 기존의 올림포스 신들이 가지는 단면적 명징성을 넘어서 양가적이며 역동적인 사유를 지향한다. 디오뉘소스의 신성은 인간의 판단과 이성을 넘어선 것으로, 펜테우스가 우려하는 부도덕과 무질서를 이미 초월한 것이며, 더 나아가 인간의 판단과 폴리스적 질서를 버릴 때 비로소 도달하게 되는 새로운 가치와 질서이다. 이는 조화와 공존을 지향하며 새로운 가치를 갈망하는 작가 에우리피데스의 역설적 비전을 제시하는 것으로, 신성의 대변자인 테이레시아스를 통해 다음과 같이 엄중히 선포되고 있다: "디오뉘소스 신은 여인들에게 정숙을 강요하지 않는다"(314). 신성한 질서는 강요되는 것이 아니라 자율적 가치이며, 폴리스적 통치 질서와는 어쩌면 상반된 것일 수도 있다. 새로운 가치관은 억압적 질서나 권위에 위해 강요되는 것이 아니며 신적 질서의 형태로 "단정하고 차분하게"(686) 조용하며 거대한 흐름을 이루어가는 것이다.

이에 반하여, 폴리스적 가치와 질서에 천착하는 펜테우스의 모습은 그리 공감할 만한 것이 아니며 동정을 유발할 만한 것도 못 된다. 오히려 그의 이성적 탐문은 신성모독적이며 불경하게 비춰지는데, 이는 디오뉘소스 제의 혹은 축제가 인간의 도덕 범주를 넘어선 것이며 인간의 이성적 사유가 미칠 수 없는 신적 범주에 속한 것이기 때문이다(Dodds 111). 이처럼 인간의 유한한 눈으로 신성을 재단하려는 태도는 오이디푸스의 그것과 아주 유사하다. 이에 인간 이성의 한계를 지적하며 디오뉘소스는 펜테우스에게 "너는 자신이 누구인지 모른다"(506)고 질책하며 존재론적 각성을 촉구하지만 자신의 이성적 측정 혹은 가치판단을 지나치게 신뢰하는 젊은 왕은 완강히 거부하며 그 충고를 거스른다. 이러한 펜테우스의 오만한 어리석음에 테바이의 창건자인 할아버지 카드모스는 마지못해 현실적 타협안을 제시하기에 이른다. 설령 디오뉘소스가 거짓 신이라 하더라도 펜테우스의 이모인 세멜레(Σεμελη)가 그 신을 낳은 것으로 세상에 알려진다면 카드모스 가문으로서는 큰 명예를 얻게 될 것이며, 자신을 높이려다 아르테미스(Ἀρτεμις) 신의 노여움을 산 아크타이온(Ἀκταιων)이 사냥개들에게 갈기갈기 찢겨 죽은 전례를 보더라도 오만한 전철을 밟지 말 것을 종용한다(330~42).

또한 펜테우스의 명령으로 키타이론 산을 정탐했던 전령조차도 그의 무모하고 오만한 행위들에 대해 우려와 근심을 표출하며 디오뉘소스를 새로운 신으로 맞이하기를 에둘러 권유하고 있다(668~71). 이때 전령은 솔직히 보고해 사실을 말하면 자신의 안위가 불투명해질 수 있다는 판단에 조심스럽게 말문을 여는데, 이는 폴리스적 질서와 이성을 대표하는 펜테우스가 점차 그 한계를 넘어 비합리적 폭군으로 전락하는 과정을 엿볼 수 있는 대목이기도 하다. 이같이 이성적이긴 하지만 비합리적인 한계적 인간의 폭력적 이성과 광기에 대비되는 키타이론 산의 디오뉘소스 제의는 비이성 적이며 무질서해보이지만 오히려 차분하고 진지한 장관을 연출했다고 전한다(677~93). 이러한 역설적 상황은 시종이 보고한 기적 혹은 이적과도 맥을 같이 하는데, 디오뉘소스가 자신을 체포하러 온 군인들에게 전혀 저항하지 않고 오히려 온화하게 미소 지으며 손을 내밀어 포박당하는 것이나, 감옥에 묶여 있던 박코스 여신도들이 때가 되어 밧줄이 저절로 풀어지며 옥문 이 스스로 열려지자 다시 키타이론 산을 향해 달려가는 기적 같은 엑소도스(ἔξοδος)가 연출된 것은 과히 신성의 역사가 아닐 수 없다며 신앙고백에 가까운 보고를 한다(435~51).

그럼에도 불구하고 폭력적 이성에 사로잡힌 오만불손한 펜테우스는 더욱 더 광기를 더해 가고, 급기야 신성의 상징인 디오뉘소스의 긴 곱슬머리와 튀르소스(θυρσος)를 자르고 빼앗으며 그를 다시 결박하여 투옥시킨다(493~511). 질서와 폭력, 이성과 광기가 교차하는 이러한 역설적 대비는 이 작품이 지향하는 주요 모티프이며, 역동적 양가성과 변증적 합일을 추구하는 디오뉘소스 시학의 본질에 속하는 것이다(Segal 8). 작가 에우리피데스는 역동성에 기초한 새로운 질서와 가치를 추구하는 디오뉘소스적 감성을 배타적 질서에 천착하는 폴리스적 가치관과 폭력적 이성의 한계를 극복하고 구원할 예표로 제시한 것으로, 배타적 이성과 역동적 감성을 양 축으로 한 일련의 논쟁과 대립이 위기를 고조시키며 치닫지만 하나의 축으로 완전히 기울지 않는 일종의 문제작으로 남는 것은 또한 에우리피데스 시학의 디오뉘소스적 특성으로 읽을 수 있다. 이성적이지만 비합리적이라는 역설적 관점에서, 인간이 그 자신을 안다는 것(γιγνωσκειν σεαυτον)은 지극히 어려운 것이며 펜테우스의 정도를 지나친 이성은 이미 병이며 악이다.

> 절제 없는 말은
> 불경하며 어리석고
> 그 결말은 재앙이라.
> …
> 그런 인간은 미쳤고,
> 그 행위는 악이라. (386~400)

정도를 지나친 인간의 판단은 지혜로운 듯하지만 지혜가 아니며, 오히려 어리석고 악한 행위이므로 이런 불경스런 배타성을 빗어나 디오뉘소스 축제의 신성한 제의에 동참할 것을 촉구하며

"모든 이방인들도 디오뉘소스를 신으로 경배한다"고 타이르지만, 펜테우스는 "그들은 헬라인들보다 어리석기 때문이다"고 재빠르게 응수한다. 이에 디오뉘소스는 인간은 신 앞에서 동등하며 하나이고 "삶의 양식이 다를 뿐"이라고 말하며 헬라인이 이방인보다 더 우월하다는 패권주의적 사고를 질타한다(481~83). 디오뉘소스적 가치가 추구하는 세상은 남녀노소의 차별이 없으며 (204~06) 부자든 가난한 이든 누구에게나 포도주와 환희를 선물로 주고(421~22), 헬라인이나 이방인 모두가 함께 어울려 사는(18~9) 곳으로 배타적 이성과 폭력적 헤게모니가 해체되고, 여성의 활동이 가사노동에만 얽매이지 않는(1235~38) 장이다. 따라서 디오뉘소스 신 앞에서는 헬라인과 이방인의 차별이 없으며 "헬라인=문명, 이방인=미개"라는 식민주의적 상상력은 병든 이성의 한 모습일 뿐이며, 한계적 인간이 가지는 이성적 사유의 비합리적 횡포이다. 이는 헬라 인이든 이방인이든 여성이든 남성이든, 노인이든 젊은이든 감성이든 이성이든, 모두가 하나이며 공존과 화합의 대상일 뿐이라는 디오뉘소스 시학의 역동성과 포용성을 잘 드러내주는 것으로 고전 계몽주의 시대가 내포한 정치·문화적 의미가 강조된 대목이다.

그런데 여기서 한 가지 중요한 사실은, 이런 세상은 인간의 계획이나 이성적 측정의 산물이 아니라 신적 질서 속에 있는 자신을 발견하고 정도를 지나치지 않는(μηδεν ἀγαν) 지혜와 그 궤를 같이 한다는 점이다. 이에 테이레시아스는 다음과 같이 충고한다: "당신의 병든 생각을 지혜라 착각하지 마시오"(311~12). 왜냐면 대대로 신성을 만홀히 여기지 않는 것이 전통이요 관습이며, 이 시대의 어떤 기괴한 논리로도 그 전통과 관습을 무너뜨릴 수 없기 때문이다(200~04). 이러한 아폴론 사제의 간곡한 예언적 계시에도 불구하고 정치적 목적에 사로잡힌 펜테우스의 병든 이성(Segal 167)은 무지와 광기에서 헤어나지 못하며, 이를 통해 인간 지식의 한계와 이성의 맹목성을 노출시키고 있는데, 이러한 한계적 인간의 아이러니한 삶의 모순을 경계하여 "너 자신을 알라"는 델포이 신탁을 철학의 근본으로 삼고 가장 진지하게 실천했던 철학자 소크라테스의 시대가 작가 에우리피데스의 시대와 중첩되고 있는 B.C. 5세기 계몽주의 시대인 것은 결코 우연이 아닐 것이다.

맹목적 이성의 병이 깊은 펜테우스는 오만불손한 신성모독의 극단을 치닫는데, 테이레시아스의 신성한 거처를 파괴하고 신성을 모독하며 동시에 디오뉘소스 신을 잡아 죽이고자 한다(346~58). 그리고 그 불경함에 대한 결과는 이미 예견할 수 있는 것으로, "가혹한"(1249) 신의 징벌이 뒤따르게 된다. 왜냐면 "신의 권능은 너닌 듯하지만 반드시 임할 것이며, 영혼이 미혹되고 교만하여

신을 업신여기는 자를 응징하기"(882~86) 때문이다. 그런데 이런 신성모독에 대한 징벌의 과정에서 한 가지 주목할 점은, 그러한 징벌조차도 신에 의해 일방적으로 혹은 운명적으로 부여된 것이라기보다는 펜테우스 자신의 선택에 의해 초래된 결과라는 사실이다. 디오뉘소스 신에 의해 로고스(λoγoς) 또는 신적 질서가 선포되는데, 인간이 그것을 받아들이기를 선택하든, 거부를 선택하든 간에 그 선포된 것은 반드시 이루어질 것이지만, 그 선택에 대한 상벌은 인간 자신의 몫이기 때문이다. 같은 관점으로, 펜테우스가 키타이론 산에서 벌어지는 신성한 제의를 엿보려는 의도 속에는 성적 탐닉의 숨겨진 욕망이 또한 자리잡고 있는데, 겉으로 보기에 디오뉘소스 신이 훔쳐보기의 동인처럼 나타나지만(912~17), 그 실상은 성적 욕망과 징벌이 교차하는 지점에 펜테우스 자신의 불경스런 선택이 주요하게 작동함을 보게 된다(955~58). 다시 말하자면, 신성모독과 불경함에 대한 징벌의 한 동인으로 펜테우스 자신의 불경스런 성적 욕망이 작동하는 셈이다. 이처럼 폭력적 이성과 왜곡된 지식에 더해진 성적 욕망의 노출은 폴리스적 가치관의 맹목적 허위와 치부를 드러내며, 펜테우스의 몰락이 신성의 무자비함에 기인한 것이 아니라 자신의 불경한 선택의 결과임을 역설하고 있다. 펜테우스의 이런 모순적 정체성은 자신이 인정하든 아니하든 이미 인간 내적 본질에 속하는 것으로(Rosenmeyer

383), 불연속적이고 무절제한 디오뉘소스적 특성 그 자체이며 유한한 인간의 내적 속성이기도 하다. 역설적이게도, 자신이 거부했던 디오뉘소스적 속성을 자신의 내부로부터 폭로당한 펜테우스는 그 자신이 이미 너무 디오뉘소스적 인간이며, 아울러 디오뉘소스에 의해 펜테우스가 조종된 것이 아니라, 그로 인해 디오뉘소스적 본질이 폭로된 것이다. 중요한 것은, 펜테우스 자신은 자신의 그러한 속성을 지속적으로 은폐해 왔으며 불편한 타자로 주변화시켜 왔다는 점이다(Kristeva 181). 이는 디오뉘소스를 둘러싼 이방인과 여성에 관한 맹목적 이성의 기제로 작동하며 디오뉘소스적 역동성을 억압, 재단하는 도구로 전횡되어 왔다는 점이다.

따라서 한계적 인간의 실존적 자각과 관련하여, 오이디푸스를 향한 코로스의 마지막 대사는 펜테우스에게도 동등한 정도로 적용될 수 있다: "마지막 순간까지 누구도 행복하다고 단정할 수 없다"(1529~30). 펜테우스의 마지막 순간은 신성한 제의를 "웃음거리로 만드는 자"(1081)라는 예견된 선고와 함께 사형집행인 마냥 달려드는 박카이들에 의해 사냥감으로 제물이 되어 갈기갈기 찢겨지고, 박카이의 인도자인 아가우에는 자신의 아들인 펜테우스의 머리를 사자새끼의 그것으로 생각하며 튀르소스에 꽂아 개선장군처럼 테바이로 입성한다. 하지만 곧 모든 사건과 사실이 명백해질 때 테바이는 온통 통곡의 성이 된다. 이는 자식살해라는 비극성의 최절정과 병치된 신성모독과 그 징벌의 무게를 역설하는 것으로, 통곡의 울림을 타고 신성이 선포되는 것이다. "디오뉘소스가 카드모스 가문을 몰락시켰다"(1206)고 항변하는 아가우에를 향해, "너와 네 아들이 그를 신성모독으로 진노케 했으며"(1303) "진정한 신으로 받아들이지 않은"(1297) 대가이므로 "너무나 가혹하지만 정당한 것"(1249)이라고 카드모스는 답한다.

펜테우스의 살아있는 육체를 찢는 스파라그모스(σπαραγμος)는 디오뉘소스 제의의 한 부분으로 거행된 것인데, 박카이들이 맨손으로 참여하고 있다는 점이 흥미롭다. 무기는 남성적이며 폴리스적 가치의 핵심적 요소이지만, 맨손은 여성적이며 나약함의 상징이 되기도 하므로 식민주의적 상상력 관점에서는 지배/피지배의 경계가 되기도 한다. 그런데 이 작품에서는 이런 경계를 무너뜨리는 탈경계적 상상력이 식민주의적 상상력을 전복시키고 있다. 이는 지배/피지배의 폴리스적 차별 구조의 경계를 허물며 남녀노소, 헬라인 이방인 모두가 편견과 오만을 버리고 신적 질서에 순종하며, 이로써 하나되는 새로운 질서와 가치를 지향하는 작가적 비전을 반영한 것으로, 양가적 모순을 축으로 신성모독과 불경함의 담론이 역동적 에너지로 녹아들고 실존적 불일치가 생명의 근원이 되는, 비규칙적이지만 합리적인 디오뉘소스적 역설의 세계를 지향하고 있다.

4

신성모독과 불경함을 중심으로 극문학을 연구함에 그리스 비극이 먼저 두드러진 것은 그것의 역사성 때문이다. B.C. 5세기 고전 계몽주의 시대의 아테나이는 무엇보다 잘 알려진 소피스트와 그들을 잇는 3대 철학자들을 탄생시키는 모태이기 때문이며, 동시에 3대 비극작가들의 주된 활동 무대이기도 하기 때문이다. 이런 역사성은 여러 측면에서 의미가 있지만, 특히 신화와 이성의 교차점에서 새로운 질서를 지향하는 디오뉘소스적 시학을 태동시킨 것은 현대 격변기를 살아가는 우리들에게 시사하는 바가 크다고 본다. 이런 새로운 질서를 지향하는 역설적 시학의 관점에서 『오이디푸스 왕』과 『박카이』를 고찰하게 되었는데, 출신과 성장배경 등이 서로 다른 작가에 의해 극작되었지만 그 모티프와 지향점이 서로 교차하는 지점에서 "너 자신을 알라" 그리고 "정도를 지나치지 말라"는 델포이 신탁의 음성이 울려 퍼지는 것은 결코 우연이 아닐 것이다. 아울러 오이디푸스와 펜테우스의 공통적 하마르티아가 있다면 그것은 정도를 지나친 인간 이성에 대한 과신과 과욕이며 그로 인한 오만과 신성모독일 것이다.

오이디푸스는 자신의 이성적 측정과 계산으로 스핑크스의 수수께끼를 풀고 도시국가 테바이를 위기에서 건졌던 "인간 존재

가운데 최고의 존재"로 자신의 능력만으로 튀란노스의 자리에 오른 자로서, 라이오스 왕의 시해자를 색출하여 테바이에 내린 저주를 풀고 태평성대를 누리게 만들 것이라고 확신한다. 펜테우스 역시 냉철한 이성과 폴리스적 가치의 수호자로서, 자칭 이방신인 디오뉘소스를 좇아 키타이론 산에서 축제 혹은 비의를 벌이고 있는 박카이들을 소탕하고 거짓 신 디오뉘소스를 잡아 죽여 도시국가의 질서를 바로 세우겠다며 날을 세운다. 여기까지는 최고 통치자로서 국가의 안녕과 질서를 지키려는 충정의 발로로 이해되며 응당한 반응으로 여겨진다. 하지만 곧 오이디푸스는 자신이 쫓고 있는 그 시해자는 다름 아닌 그 자신이라는 사실을 전해 듣고 펜테우스 역시 디오뉘소스가 진정한 신이라는 사실을 전해 듣는다. 주목할 점은, 그 전달자는 공통적으로 테이레시아스라는 사실이며, 그는 고전시대의 대표적 예언가로 신성의 대변인으로 등장하는데, 앞을 볼 수 없는 인물이다. 아울러 눈먼 자가 전하는 진리는 다소 역설적 의미가 내포되어 있다.

테이레시아스를 통한 신성한 계시가 선포되었음에도 불구하고 오이디푸스는 신탁을 비롯한 모든 충고를 거부하고 오직 자신의 능력의 눈과 이성적 측정에만 의지하여 사태를 수습하고자 하며, 자신의 추론에 반하는 모든 것에 광기를 발동하고 심지어 테이레시아스의 신성을 짓밟고 모독하기에 이른다. 펜테우스 역시 테이레시아스의 예언적 계시를 짓밟고 디오뉘소스를 붙잡아 신성한 머리칼을 자르고 튀르소스를 **빼앗고** 죽이고자 한다. 오이디푸스와 펜테우스, 이들의 이성적 맹목성은 이미 광기이며 병으로 구원의 대상이지만, 그들 자신은 자신을 전혀 알지 못한 채 병이 점점 깊어가고 마침 내 자신의 내적 모순의 한계점에서 자멸하게 된다.

홍미로운 점은, 이런 신성모독적 오만함은 인간 존재의 모순적 정체성의 한 양상이며 불완전한 인간의 내적 본질에 속한다는 것과 주인공들의 모순적 정체성, 혹은 존재론적 이중성은 스스로 폭로된다는 사실이다. 오이디푸스라는 이름은 '부은 발' 혹은 '발을 안다'는 이중적 의미를 내포하고, 튀란노스라는 의미 역시 '왕' 혹은 '폭군'을 의미하는데, 이는 열등한 존재와 최고의 존재 사이에 놓인 인간 실존의 불일치와 모순의 속성을 고스란히 노출시키고 있다. 따라서 오이디푸스의 자기 정체성 탐문의 과정은 역설적이게도 자기 모순성의 폭로 과정임에 다름없으며 그 과정에는 레테의 강을 거슬러가는 아픔과 고통이 필연적으로 동반된다. 아울러 그 고통의 정점에서 모순의 상징인 이성의 눈을 멸하므로 영혼의 눈을 득하는 역설이 또한 정점에 이르게 된다. 마찬가지로, 펜테우스가 디오뉘소스와 그 신도들을 소탕하러 키타이론 산으로 잠입해 들어가지만, 그 실상은 자신의 내면으로 들어가는 여정으로 볼 수 있다. 신성한 제의를 염탐하며 웃음거리로 만드는 자의 내면은 그 자체가 모순 덩어리로 불편한 타자와 성적 욕망으로 가득하고, 폴리스적 가치가 은폐하거나 주변화시켜 온 이방인과 여성은 펜테우스 자신의 또 다른 감춰진 모습이며 모순적 정체성의 한 단면임이 드러난다.

앞의 두 작품을 통해 본 인간 존재의 본질은 이성적이지도 감성적이지도 않다. 또한 이성적인 듯하지만 비합리적이고, 비이성적이며 감성적인 듯하지만 합리적이기도 하다. 경건의 모양은 갖추고 그것을 지향하는 듯하나 신성모독적이고, 무분별하고 정돈되지 않은 듯하지만 신성한, 이 같은 모순적 양가성의 축을 중심으로 불연속적이고 비규칙적인 질서를 태동시킨 것이 디오뉘소스적 시학의 특징인데, 이는 B.C. 5세기의 역사성에 그 뿌리를 두고 있다. 신화에서 이성으로, 이성에서 신화로 서로 교차하는 지점에서 인간은 얼마나 이성의 맹목성에서 자유로울 수 있는가, 유한한 인간 이성이 재단해 놓은 경계와 차이는 얼마나 신뢰할 만한가, 이러한 질문들을 던지며 그 시대의 철학자, 시인들은 새로운 질서를 꿈꾸었을 것이며 그러한 고뇌의 산물이 디오뉘소스적 역동성과 역설로 표출된 것이다.

인간의 모순성은 존재적 본질에 속한 것으로 불연속적이며 비규칙적인 속성 그 자체이며, 이성적인 듯하나 비합리적이며, 이성

적이지도 감성적이지도 않은 역동성으로 볼 수 있다. 이러한 역동
성은 탈경계성, 탈맹목성을 지향하는 새로운 질서의 패러다임을
제시하며 조화와 공존의 지평을 열고 있다. 따라서 유한한 인간의
맹목적 이성으로 초월적 신성을 측정하며 재단하고자 하는 욕망
은 광기이자 병이며, 이는 내적 모순성을 은폐하며 타자화시켜
온 오이디푸스와 펜테우스가 스스로 폭로하는 신성모독과 불경
함의 양상이다. 역설적이게도, 맹목적 눈을 버릴 때 영혼의 눈이
열리고, 자신의 내적 모순에 귀를 기울일 때 우주적 음성을 듣게
된다는 강한 여운을 읽게 된다.

주제어: 『오이디푸스 왕』, 『박카이』, 디오뉘소스적 역동성, 신성모독, 불경(함), 탈경계(성), 역설,
실존적 모순(성)

인용문헌

Aristotle. *The Complete Works of Aristotle*. Ed. Jonathan Barnes. Princeton:
　　Princeton UP, 1995.

Brisson, Luc. *Sexual Ambivalence: Androgyny and Hermaphroditism in*

Graeco-Roman Antiquity. Trans. Janet Lloyd. Berkeley: UCP, 2002.

Dobrov, Gregory. *Figures of Play: Greek Drama and Metafictional Poetics*. Oxford: Oxford UP, 2001.

Dodds, E. R. *Euripides: Bacchae*. Oxford: Oxford UP, 1960.

Dodds, E. R. *Oxford Readings in Greek Tragedy*. Ed. Erich Segal. Oxford: Oxford UP, 1983.

Euripides. *Euripides Opera Omnia*. Charleston: Nabu P, 2011.

Heidegger, Martin. *Poetry, Language, Thought*. Trans. Albert Hofstadter. New York: Harper and Row, 1971.

Knox, Bernard. *Essays: Ancient and Modern*. Baltimore: Johns Hopkins UP, 1989

Kristeva, Julia. *Strangers to Ourselves*. Trans. Leon Roudiez. New York: Columbia UP, 1991.

Rosenmeyer, Thomas. *Greek Tragedy: Modern Essays in Criticism*. Ed. Erich Segal. Oxford: Oxford UP, 1983.

Segal, Charles. *Dionysiac Poetics and Euripides' Bacchae*. Princeton: Princeton UP, 1982.

Segal, Erich. *Oxford Readings in Greek Tragedy*. Ed. Erich Segal. Oxford: Oxford UP, 1983.

Sophocles. *Sophocles Opera Omnia*. Charleston: Nabu P, 2011.

Vernant, Jean-Pierre. *Myth and Tragedy in Ancient Greece*. Trans. Janet Lloyd.

New York: Zone Books, 1990.

역저자 **정해갑**

상명대학교 영문과 교수.
부산대, 연세대, 미국 루이지애나 주립대 등에서 영문학과 서양(그리스·로마) 고전문학을 전공했다. "Shakespeare와 그리스 로마 고전 비극에서의 신역사주의 문화유물론 비평"으로 미국 루이지애나 주립대에서 박사학위(Ph.D.)를 받았다. 주된 관심 분야는 고전 번역과 문화비평이며, 강의 중점 분야는 그리스 비극과 셰익스피어 그리고 비교역사와 비교문화이다.
주요 논문으로는 "A Strategy of the Production of Subversion in Shakespeare", "The Possibility of Self-Critique to Colonialist-Orientalist Attitudes in Greek-Roman Drama", "Ecocritical Reading of the Platonic Cosmology: Environmental Ethics and the Material Soul in between $ἰδέα$ and $ὑλη$", "Foucault, Discourse, and the Technology of Power", "하우프트만의 〈쥐떼〉와 셰퍼드의 〈굶주리는 계층의 저주〉: 사회비평적 운명극", "비교문화로 읽는 셰익스피어와 에우리피데스" 등이 있다.

오이디푸스

© 정해갑, 2021

1판 1쇄 인쇄__2021년 04월 05일
1판 1쇄 발행__2021년 04월 15일

지은이__소포클레스
역저자__정해갑
펴낸이__양정섭

펴낸곳__경진출판
　　　등록__제2010-000004호
　　　이메일__mykyungjin@daum.net
　　　사업장주소__서울특별시 금천구 시흥대로 57길(시흥동) 영광빌딩 203호
　　　전화__070-7550-7776　팩스__02-806-7282

값 15,000원
ISBN 978-89-5996-815-2 03800